刘华民 著

中国古代杂体诗鉴赏

苏州大学出版社

图书在版编目（CIP）数据

中国古代杂体诗鉴赏 / 刘华民著 . —苏州：苏州大学出版社，2018.7

ISBN 978-7-5672-2559-6

Ⅰ.①中… Ⅱ.①刘… Ⅲ.①古典诗歌－诗歌欣赏－中国　Ⅳ.①I207.22

中国版本图书馆CIP数据核字（2018）第176836号

书　　名：	中国古代杂体诗鉴赏
著　　者：	刘华民
责任编辑：	倪浩文
装帧设计：	刘　俊
出版发行：	苏州大学出版社
社　　址：	苏州市十梓街1号　邮编：215006
网　　址：	http://www.sudapress.com
印　　刷：	苏州市大元印务有限公司
开　　本：	880 mm×1 230 mm　1/32
印　　张：	7.75
字　　数：	174千
版　　次：	2018年7月第1版
印　　次：	2018年7月第1次印刷
书　　号：	ISBN 978-7-5672-2559-6
定　　价：	32.00元

苏州大学版图书若有印装错误，本社负责调换
苏州大学出版社营销部　　电话：0512-67481020

前　言

杂体诗是我国古代诗歌的组成部分，同样是值得重视的文化遗产。

杂体之"杂"是驳杂、复杂的意思。杂体之"体"，在古代一指题材风格，二指体裁样式。南宋以后，诗家论体，一般取其第二项含义。杂体诗就是在形式要素上别出心裁、另辟蹊径的不正宗、非常规的诗歌。

长期以来，杂体诗一直是被边缘化，不登大雅之堂的。各种诗话，或不屑一顾，或贬抑太甚。但是，杂体诗却世有诗人，代有作品，从先秦到明清，瓜瓞绵绵，层出不穷，终成门类广博、数量繁富的一个诗歌"星系"。诗坛的名家高手，往往口头上称之为"文字游戏""不足法"，实践中却不免技痒，心追手摹，屡屡妙笔生花，以奇葩异卉令见闻者绝倒而靡然风从。

我国古代杂体诗的产生和发展是必然的，原因有以下几点。

首先，是中华民族的创新精神。不少杂体诗萌芽于《诗经》国风，如叠字、禽言、杂言、杂句、富韵、抱韵等；不少杂体诗肇端于两汉乐府，如风人、藁砧、三妇艳、五杂俎、两头纤纤、盘中等。这就是说，许多诗之杂体是劳动群众的创造。即使似乎很清高雅致的"联句"体，实亦起自民间，因为原始民歌大多是集体创作，本就带有联句性质。当然，文人士大夫的推陈出新之功也不容抹杀。一方面，他们将某些局部的杂体因素扩展到整体，使萌芽成树，使雏形定型；另一方面，像全对、散律、折腰、辘轳、进退诸格，是近体诗格律成熟并被公认之前的辛勤探索，其努力可嘉，其收获可喜。至于险觅狂搜、穷形尽相的杂体诗撰写，只要不是抄袭，那么，写是脑力劳动，诗是智慧结晶，也是某种程度的创新。

其次，是汉字汉语的文化潜力。汉字是世界上唯一活着的古老文字，它以表意为基础，以形声为主体，蕴涵着丰富的文化信息。每个汉字，都是音形义的统一体。而汉字之音，在声、韵、调三方面紧密关联，牵一发而动全身；汉字之形，在分析、组装上可自由离合；汉字之义，其基本义、引申义、比喻义等可灵活选用。汉语词汇，口语、书语、成语，同义、近义、反义，单音、双音、多音，双声、叠韵、连绵，还有褒贬、虚实、文质，等等，五彩缤纷；汉语语法尤重词序；汉语修辞巧夺天工。汉字汉语的上述特点，使它们被用来创作诗歌时，具备了潜在的变化可能、广阔的发挥空间。这是我国古代杂体诗生长的良田沃土。离合诗是合体字偏旁部首的拆装，回文诗是诗句中词语排序的顺倒，集句诗是现成诗作的打散重组，神智体是汉字书写的特殊状态，白战体是汉语词句的同义替代，等等，无不基于汉语言文字的巨大潜能。

再次，是艺术形式的能动作用。诗歌的内容与形式是对立统一的辩证关系：内容是矛盾的主导方面，形式是次要方面，内容决定形式，形式为内容服务，同时，形式有其相对独立性，形式对内容有反作用。从古到今，大多数历史时期，理论上人们总是强调内容的至关重要，强调文以载道、诗以言志，有意无意地忽略了形式的价值。但是，形式的能动作用和艺术魅力是客观存在的，不以人们的意志为转移。《歌德谈话录》记载了歌德一个重要的见解："内容人人看得见，含义只是有心人得之，形式对大多数人来说是个秘密。"朱光潜先生《诗论》（三联书店，1998年版）也指出："从民歌看，人对文字游戏的嗜好是天然的，普遍的……巧妙的文字游戏，以及技巧的娴熟运用，可以引起一种美感，也是不容讳言的。"一向重道轻文，曾坚称作诗"无用"的理学家朱熹，经不起诱惑，写过生肖、隐括、回文、联句等杂体诗词，足见杂体形式的吸引力了。

第四，是诗歌观念的审美取向。我国古代正统的诗学观是"诗言志""思无邪"，是兴、观、群、怨，事父事君，讽谕美刺，移风易俗，突出的是诗歌的社会教化功能。魏晋六朝之际，诗学摆脱了经学的束缚，淡化了政治教化作用，开始探寻文学自身的存在意义，进而明确提出对诗歌形式之美的追求，文体辨析包括诗歌体裁的划分更加深入细致，对各种艺术表现技巧的讨论和切磋更加流行，以诗歌奉和应对的宫廷消闲粉饰活动渐成时尚。还有汉语四声的发现，声律说的兴起，近体诗的酝酿等。在这样的背景下，杂体诗的创作迎来了它的高潮阶段。到了宋代，士大夫对诗歌地位作用的看法继续降温，而诗的审美愉悦功能特别是娱乐功能，得到了普遍的承认和充分的肯定，文人常把诗歌唱酬当作高雅的娱乐方式和智力比赛，并且不讳言游戏之作，因此而多选杂体格式，因难见巧，炫博骋才。城市经济的繁荣，市民阶层的扩大，致使引车卖浆者流也步入了杂体诗人的行列。于是，两宋成为仅次于六朝的杂体诗兴盛期。

我国古代杂体诗的涌现有必然性，而杂体诗的价值则有复杂性。两三百类、不计其数的杂体诗，无关宏旨的居多，游戏谐谑的不少，但文辞雅正，内容进步积极的，也很可观。例如，文天祥抗元失败，在监狱中，创作完成《集杜诗》200首，采用集句方式，专集杜甫诗句，写就南宋末年抗元斗争的悲壮诗史，鸿篇巨制，登峰造极，独步当时，饮誉后世，是我国古代大放异彩的诗库瑰宝。优秀的杂体诗，虽非俯拾皆是，也非寥若晨星。单就形式、艺术而言，传存至今的篇什中，东施效颦、弄巧成拙者毕竟罕见，一般或充满情趣，或暗藏玄机，或闪耀着慧根灵性的光芒，往往令人解颐，启人心智。总之，对古代杂体诗不能一概而论，特别是要珍惜其文化含量和审美价值。

进入改革开放和社会主义现代化建设新的历史时期，思想解放运动突破了各种各样的所谓"禁区"，也使得我们能够实事求是地评价、分析古代杂体诗了。两本研究杂体诗的学术专著先后问世，鄢化志的《中国古代杂体诗通论》，2001年6月由北京大学出版社出版，饶少平的《杂体诗歌概论》，2009年6月由中华书局出版。二者均详稽细考，爬梳剔抉，旁征博引，并且正解新见迭出；区别在于，鄢著侧重宏观的整体的论述，饶著侧重各种杂体分门别类的探讨，放在一起恰好互相辉映。同时，编辑古今杂体诗的选本也陆续出版，徐元先生一人就出了《趣味诗三百首》《回文诗词五百首》《历代禽言诗选》《中国异体诗新编》等几种。报纸杂志介绍杂体诗的文章更不胜枚举。

笔者瞩目古代杂体诗有年，喜闻乐见于相关著作的刊印发行，然亦存一小小遗憾：学术专著传阅范围或许不大，各种选本则注释过简，而网上的登载、说明，有时亥豕鲁鱼，承谬踵误。为更好地普及杂体诗的常识，继承这一份文化的遗产，遂生撰写本书之想。

本书精选生命力较强、知名度较大的五十三种杂体，大致分为六类，细择情文并茂的典型，即内容有益、形式有趣、最有代表性的作品，具体分析，务使读者对诗作的理解准确深入，进而懂得某种杂体的特点、长处和表达效果，并获得艺术上的享受。

由于过去对杂体诗缺乏系统整理、专题研究，所以在此领域内，不但歧见纷呈，连命名都很混乱，一种诗体有几个名称，一个名称指几种诗体，作者、年代、本事、语句文字等说法不一的现象比较普遍。本书限于主旨和篇幅不展开辨析、考订，径自择善而从，直抒己见，请读者谅解。

撰写此书采用的资料，首先取于平时积累，但当年手录，或仅抄书名，未记版次，现在难以一一补齐，阙如之处，也请宽宥。

撰写此书，还参阅了他人著述，故附"主要参考文献"于后，并对相关作者敬致谢意。

才疏学浅，错谬难免，欢迎批评指正。

目录

词句类 ································ 一

叠字诗 ······························· 三
复辞诗 ······························· 八
重字诗 ······························ 一二
连珠诗 ······························ 一六
重句诗 ······························ 二一
顶真体 ······························ 二五
连环体 ······························ 二八
数字诗 ······························ 三二
虚字诗 ······························ 三七
禽言诗 ······························ 四一
白战体 ······························ 四五

篇章类 ······························· 五一

阶梯诗 ······························ 五三
宝塔诗 ······························ 五八

十七字诗	六二
三句体	六五
五句体	六九
促句体	七四
应字体	七八
全对诗	八三
散律诗	八八
四时诗	九三
五杂俎	九七
两头纤纤	一〇一
声韵类	**一〇五**
四声诗	一〇七
折腰体	一一一
进退格	一一五
辘轳格	一一八
福唐体	一二二
短柱体	一二六
双声叠韵诗	一三〇

两韵间押诗 … 一三四

意趣类 … 一三九

打油诗 … 一四一
逆挽诗 … 一四四
倒字诗 … 一四八
嵌字诗 … 一五二
人名诗 … 一五六
药名诗 … 一六〇
藏头诗 … 一六四
歇后诗 … 一六八
大言诗 … 一七二
小言诗 … 一七五
谜语诗 … 一七九
风人体 … 一八三
藁砧体 … 一八七

程式类 … 一九一

集句诗 … 一九三
联句诗 … 一九七

隐括体	二〇〇
套改诗	二〇五
回文诗	二〇九
形体类	二一三
拆字诗	二一五
神智体	二一八
联边诗	二二一
盘中体	二二五

主要参考文献 …… 二三〇

后　记 …… 二三二

词句类

叠字诗

贡院垂成,双莲呈瑞,因成鄙语,勉士子
王十朋

> 大厦垂垂就,
> 嘉莲得得开。
> 双双戴千物,
> 雨雨应三台。("雨雨"一作"两两")
> 欢意重重合,
> 香风比比来。
> 人人宜自勉,
> 举举有廷魁。

——《王十朋全集》,上海古籍出版社,1998年版

叠字,就是同一个字的重叠,所以古代又称重言,它既是汉语的一种构词方式,也是一种修辞手法。

诗用叠字,《诗经》就所在多有。如"关关雎鸠""坎坎伐檀""桃之夭夭,灼灼其华""萧萧马鸣,悠悠旆旌""昔我往矣,杨柳依依;今我来思,雨雪霏霏"等等,不胜枚举。《诗经》三百零五篇,运用叠字的诗达两百首,以至于清代学者王筠专门把《诗经》中用叠字的诗句汇集起来,写了《毛诗重言》一书。

诗歌妙用叠字摹声绘色,描形拟状,能使诗的形象更加鲜明生动,并且读来琅琅上口,看去两两对称,还增强了诗的音律美,因此,《诗经》以后,诗词用叠字的现象层出不穷。唐诗如杜甫的"无边落木萧萧下,不尽长江滚滚

来",王维的"漠漠水田飞白鹭,阴阴夏木啭黄鹂",白居易的"大弦嘈嘈如急雨,小弦切切如私语";宋词如李清照的《声声慢》"寻寻觅觅,冷冷清清,凄凄惨惨戚戚"。这些都是脍炙人口的千古佳句。

但是,运用叠字的诗与叠字诗不是同一概念。只有全诗各句都用了叠字,才算是叠字诗。

著名的汉代《古诗十九首》中,有这样一首诗:

> 青青河畔草,
> 郁郁园中柳。
> 盈盈楼上女,
> 皎皎当窗牖。
> 娥娥红粉妆,
> 纤纤出素手。
> 昔为倡家女,
> 今为荡子妇。
> 荡子行不归,
> 空床难独守。

这首闺怨诗,十句中有六句用了叠字,而且用得巧妙、自然,但仍然不是叠字诗。李清照《声声慢》上片连用十四个叠字,加下片的"点点滴滴"共十八个叠字,也仍然不是叠字词。必须以叠字成篇,每句都用叠字,才是标准的叠字诗(词)。当然,叠字诗是从用叠字的诗发展而来的,叠字词、叠字曲又是从叠字诗发展而来的。

王十朋(1112—1171),南宋高宗绍兴二十七年(1157)的科举状元,历任著作郎、侍御史、知州、龙图阁学士等职。王十朋青壮年时期,正值秦桧当政,王隐居故乡聚徒讲学,秦桧死后他才出山应试，并步入仕途。古代科举考试的场所称"贡院"，在贡院即将竣工（"垂成"）之际，院内有莲花开并蒂（"双莲"），王十朋以为祥瑞呈露，于是欣然命笔，写了一首叠字诗，用来勉励准备参加科举考试的读书人。

诗的首联即叙"贡院垂成，双莲呈瑞"之事。"垂垂"，渐渐，将近；"得得"，特地，特意。颔联中的"三台"是古星名，共六颗星，两颗星一组，分上、中、下，各司寿、福、禄，属于吉星。颔联的意思是，贡院为朝廷选拔贤才，嘉莲为国家带来好运，两者都是厚德载物、顺应天时的景象。颈联进一步渲染喜庆祥和的气氛。尾联点题"勉士子"，希望士子们发奋努力，争取中举夺魁。

王十朋这首诗，除第三句外，余皆符合五言近体的格律，叠字的运用自然贴切，连用八对叠字而全诗平易畅达，是一首成功的叠字诗。

想要特别指出的是，王十朋上述叠字诗中"得得"一词，乃唐代俗语。唐僧贯休入蜀，以诗投王建（前蜀君主），有"一瓶一钵垂垂老，千水千山得得来"两句，而王十朋《贡院垂成》叠字诗首联，也是一前一后用"垂垂""得得"两对叠字，这恐怕未必只是巧合。根据现存资料看，最早的标准的叠字诗是汤惠休写的，汤是南朝人，曾入沙门为僧；唐朝叠字诗早期作者寒山，也是亦僧亦隐之人；贯休诗同样善用叠字。盖佛教在中土传播，为吸引民众，以俗讲方式解说佛经，必然较多使用俗语——群众口头语言。《诗经》作品叠字诗句俯拾皆是，叠字诗的早期作者多为僧人，我们可以据此推断，叠字诗是劳动群众、民间艺人首创的。

宋代叠字诗是宋人向唐人学习的结果。

最早的叠字词亦出自民间。敦煌曲子词有一首《菩萨蛮》：

霏霏点点回塘雨，双双只只鸳鸯语。灼灼野花香，依依金缕黄。

盈盈江上女，两两溪边舞。皎皎绮罗光，轻轻云粉妆。

词的上片写景，两句雨天，两句晴天，又从动物写到植物，都是春季特有的景物；词的下片写人，两句动作，两句服饰，写出了少女的活泼、靓丽。全词两个七字句，各用两组叠字，其余六个五字句，各用一组叠字；作者以"霏霏点点"描摹飘洒在池塘的细雨，以"双双只只"再现嬉戏于水面的鸳鸯，以"灼灼"形容野花的盛艳，以"依依"形容柳条的柔长，都十分准确、真切。

叠字体发展到元代散曲，出现了通篇叠字的作品，最早的是乔吉的《越调·天净沙》：

莺莺燕燕春春，花花柳柳真真。事事风风韵韵。娇娇嫩嫩，停停当当人人。

这支曲前两句写景，写莺歌燕舞、花红柳绿的春天景象，因为全用叠字，给人春意盎然、触目皆是的感觉。后三句写人，在前面春景的映衬、烘托之下，赞美女子的风度、韵致、妩媚、年轻，简直完美无缺。"停当"本是齐全、完备的意思，一经重叠，更加强调，突出美女的无可挑剔。

乔吉这支《天净沙》散曲，有人称誉，有人批评，陈廷焯《白雨斋词话》就说它"丑态百出"，但是，通篇叠字，以前的叠字诗词都没有过，乔吉此曲的开创之功不容抹杀。

今人傅璧园效仿乔吉，写了两首《天净沙》通篇叠字曲，见《漱红阁诗词曲稿》(上海古籍出版社,2006年12月版)。傅璧园生于1923年,写这支叠字曲已是八十多岁了,经历坎坷,又晚年丧偶,回首往事,感慨良多。"山山水水迢迢,风风雨雨潇潇"是对自己经历的形象概括,"死死生生了了"是对人生尘世的勘破,最后两句是写作即时的感觉和淡定的心态。以笔者看来,傅先生此曲叠字的运用,比乔吉的《天净沙》更加自然浑成。

复辞诗

春 风

李商隐

春风虽自好,
春物太昌昌。
若教春有意,
唯遣一枝芳。
我意殊春意,
先春已断肠。

——《李商隐诗全集》,崇文书局,2011年版

　　一首诗的绝大部分句子中乃至全部句子中都用到了一个字(或词),这一体式的诗叫作复辞诗。李商隐的《春风》,共六句,而有五句用了同一个"春"字,所以是复辞诗。

　　《春风》前两句从语法角度看,是转折复句,而转折复句的重点在后一分句:春风固然美好,但是被春风催发的春天景物过于繁盛了。"昌昌",繁盛的样子。人皆喜爱一元伊始、万物复苏、万象更新、万紫千红的烂漫春光,作者却担心物极必反,盛极则衰。全诗的主旨、基调于此伏笔。

　　诗的中间两句是假设复句。作者以为,如果春天非要显示自己的降临,那么让某花一枝独放就够了。虚拟的"一枝芳"与前两句实见的"太昌昌"形成对比,也暗示作者孤寂凄冷的心境。

　　诗的末两句再次转折,而点明题旨。春物繁盛也罢,

一枝独芳也罢，作者心里春意全无。因为春天到来之前，我已经是断肠之人了。至此，读者方才明白，作者前面为什么嫌"春物太昌昌"，为什么想只要一枝芳了。

李商隐诗以绮丽神秘为特点之一，元好问早有"诗家总爱西昆好，独恨无人作郑笺"的慨叹。然而这首《春风》却是质朴、平实的。本诗的魅力，主要来自巧用复辞，六句而五用"春"字，以温馨的春风、旺盛的春物、浓郁的春意来反衬自己的寂寞、凄凉、悲伤。美好的春天来了，但它不属于自己。以乐景写哀情，可倍增其哀；而本诗乐景的营造，是通过五用春字实现的。李商隐二十五岁举进士，但在牛李党争的乱局中，一直受排挤，始终不得志，《春风》诗是他潦倒身世、暗淡心境的艺术表达。

同为唐代诗人的张祜有一首《莫愁乐》：

侬居石城下，
郎到石城游。
自郎石城出，
长在石城头。

全诗每句重复使用"石城"一词，与重复使用一字相区别，是复辞体的另一种方式。

诗用复辞的现象，《诗经》已可见得，《小雅·天保》第三章，六句连用五"如"字，第六章，六句连用四"如"字，但《天保》全诗共六章，只有第三、第六章用复字，且不是每句用，算不得复辞诗。东晋著名大诗人陶渊明有一首《止酒》诗，全诗二十句，每句用一个"止"字，是最早的标准的复辞诗。此后，历代都有复辞诗，而以唐、清两代为多。

复辞与其他许多杂体一样,也从诗移植到了词和曲。元人白朴有《念奴娇·中秋》词:

> 一轮月好,正人间、八月凉生襟袖。万古山河归月影,表里月明光透。月桂婆娑,月香飘荡,修月香人手。深沉月殿,月蛾谁念消瘦?
>
> 今夕乘月登楼,天低月近,对月能无酒?把酒长歌邀月饮,明月正堪为友。月向人圆,月和人醉,月是承平旧。年年赏月,愿人如月长久。

词的上片写中秋月景,用了吴刚伐桂、嫦娥奔月的典故,下片写自己应景——登楼赏月饮酒。这首词显然受前贤月亮诗词的影响,如李白《月下独酌》诗、苏轼《水调歌头·丙辰中秋》词,就构思意境来说,无所创新,但它每句用"月"字,共十九个"月"字,并且用得恰切、自然,作为杂体词,可谓珍品。

在《修辞学发凡》中,陈望道先生把复辞与叠字放在一起论述,统称"复叠";又将"复叠"与"镶嵌"结合,分说"镶嵌"和"嵌复"。这些修辞格式运用于诗歌创作,形成复辞体、叠字体、嵌字体,读者须仔细辨别。

民国年间,冯玉祥曾旅美考察,某日参加当地一个大会,被会场的雪茄熏得头痛难耐,于是作了一首四言诗,斥责抽烟之害:

> 大会礼堂,
> 又熏又臭,
> 又臭又熏。
> 既熏且臭,
> 既臭且熏。

熏而又臭，

　臭而又熏。

　熏熏臭臭，

　臭臭熏熏。

　亦熏亦臭，

　亦臭亦熏。

全诗十一句，除首句外，其余十句每句都重复使用"熏""臭"二字，并以多种组合方式连接这两个字，反反复复，再三再四，突出了作者的深恶痛绝之情。冯玉祥这首诗还用了叠字（"熏熏""臭臭"）、顶真（第六句与第七句，第八句与第九句）等修辞手法，但整体看，它是一首复辞诗，也是一首独韵诗（通篇押一"熏"字）。冯玉祥是军人不是诗人，但他的这首诗却写得很有特色，据说后来被译成英文刊登在《纽约时报》上。事与诗见2014年12月10日《光明日报》。

重字诗

寄韬光禅师

白居易

一山分作两山门,
两寺原从一寺分。
东涧水流西涧水,
南山云起北山云。
前台花发后台见,
上界钟声下界闻。
遥想高僧行道处,
天香桂子落纷纷。

——《白居易诗集校注》,中华书局,2006年版

杜甫《闻官军收河南河北》尾联云:"即从巴峡穿巫峡,便下襄阳向洛阳",设想安史之乱结束后,自梓州还家乡拟采取的线路。"峡""峡""阳""阳",这两句都重叠用字。同样手法的诗句,杜甫还有"桃花细逐杨花落,黄鸟时兼白鸟飞","戎马不如归马逸,千家今有百家存","不薄今人爱古人","大麦干枯小麦黄"等。古人称此类手法为"掉字叠"(掉是换的意思)。重叠用字有多种方式:单音词重叠,复音词重叠,接连重叠,隔字重叠等,所谓掉字重叠是指复音词在隔字重叠时调换其中一个字,如叠用"巴峡"时把"巴"换成"巫",叠用"襄阳"时,把"襄"换成"洛",上引杜甫其他诗句都是这样。也有人把此类现象看作是单音词隔字叠,未尝不可。

将叠字的多种方式大量、集中地运用于诗歌写作，便形成各种杂体诗。本书前面介绍的叠字诗，是通篇采用单音词接连重叠的杂体。叠字诗与重字诗的区别需要仔细分辨。

运用隔字叠、掉字叠的诗作很多，出现也较早，但通篇使用而成一体的重字诗，最早的作品可能就是白居易的《寄韬光禅师》。此诗的解读古今歧见颇多，笔者根据中华书局《白居易诗集校注》谢思炜先生搜集提供的资料对背景说明如下：

唐穆宗长庆年间，四川诗僧韬光禅师来到杭州，在灵隐寺西面结庵修行，传布佛法。是时，白居易正任杭州刺史，两人多有交往，常相唱和。唐敬宗宝历元年（825），白居易调任苏州刺史，在苏期间，写本诗寄韬光，诗中"遥想"一词即为旁证。这是以诗代简（书信）之作。再后来，韬光移锡虔州（今江西赣州）天竺寺（不是杭州的三天竺寺），把白居易诗的真迹也带了过去，直至北宋庆历中，苏轼父亲苏洵还在虔州天竺寺一睹此墨宝，待苏轼南谪过虔，复经该寺，就"徒见石刻"了。

《寄韬光禅师》首联交代灵隐、韬光两寺比邻坐落的关系。山门，佛寺的大门；因古代佛寺多在山间，故称。另说，两寺是指上下天竺，或指灵隐、天竺，附此备考。

中间两联描写两寺及其周围的景象。小溪潺潺，云雾缭绕，是山景；花木扶疏，梵音共鸣，是寺景。灵隐寺与一墙之隔的韬光寺，位于杭州西湖西面的崇山峻岭间，泉水纵横交叉，山岚起伏飘荡，两寺草树互相掩映，两寺钟声彼此呼应，作者写出了特定景物的特色，正如陈衍《石遗室诗话》所说,"'东西涧''南北山''前后台''上下界',无一字不真切"。

诗的尾联表达对韬光禅师的思念和仰慕。桂子即桂花。杭州湖山,湖有"十里荷花",山有"三秋桂子",自古便然,不唯宋时。从末句可知,本诗作于秋天。白居易对于自己任杭州刺史是很满意的,无奈"皇恩只许住三年"(《西湖留别》),离开杭州他深感遗憾,所以本诗实际上也蕴含着作者对杭州的依恋不舍。

《寄韬光禅师》除尾联外,其余三联六句都运用了隔字叠并掉字叠的方式,取得的效果是:准确反映了两寺比邻坐落、既分又合的关系,真切再现了两寺和周边的景象,写出了视角的变化和游览的动态,写出了事物联系的普遍性和景象方位的相对性,还在字词、声音上造成珠连璧贯的意味,增强了全诗的哲理和禅韵。

白居易之后,模仿《寄韬光禅师》的诗作历代都有,直到清末民初,诗人庄先识还写过《春情戏为重字体限尤韵三首》,兹抄录其一:

> 细细炉烟细细浮,
> 画屏风里画帘钩。
> 春如流水年如夜,
> 诗满香囊酒满瓯。
> 胡蝶花中胡蝶瘦,
> 杜鹃枝上杜鹃秋。
> 相思何日能相见?
> 自怪情牵不自由。

这首诗的题目其实就"春情"二字,"戏为重字体"是说明诗的体裁,"限尤韵"是说明韵脚之字所属的韵部。第一联里的"细细""细细"是隔字叠,"画屏""画帘"是掉字叠;第二联里的"春如""年如"和"诗满""酒满"是掉字叠;第三联里的两个"胡蝶"和两个"杜鹃"是隔字叠;第四联里的"相思""相见"和"自怪""自由"是掉字叠,也就是说全诗每一句都用了隔字叠或掉字叠的重叠手法,是典型的重字体诗。

从内容看,首联描写闺阁的布置——画屏阻隔,帘幕开启,沉香袅袅,这是古代深闺的标配;颔联写时光易逝,春将归去,因为独守空房,而觉夜长如年,思妇唯有写诗遣怀、借酒浇愁;颈联是借喻,自叹伊人憔悴,满腹哀怨;尾联是直接抒情,点明思妇伤春怀远之情。作者选择的重字体,较好地服务于内容的表现,传达出一种剪不断、理还乱、长吁短叹、愁肠九结的状况,形式与内容高度统一。

连珠诗

定林所居

王安石

屋绕湾溪竹绕山,
溪山却在白云间。
临溪放杖依山坐,
溪鸟山花共我闲。

——《王荆文公诗笺注》,上海古籍出版社,2010年版

在我国古代杂体诗中,通篇或绝大部分句子采用单音词接连重叠的,叫叠字诗;通篇运用隔字叠、掉字叠的,叫重字诗;绝大部分句子都用到同一字词的,叫复辞诗;而全诗各句重复使用某两个字词的,则叫连珠诗。王安石这首七言律绝,每句都重复使用"溪""山"二字,就是连珠诗。

王安石执政以后,力行变法,却最终失败了。宋神宗熙宁九年(1076)十月,他第二次罢相,隐居江宁钟山。定林即定林寺,在钟山南麓,王安石晚年时常到此游憩。

诗的前两句侧重写环境。"屋绕湾溪"是"湾溪绕屋"的倒文,古人写近体诗,为符合平仄格律的要求,有时会将词语倒装。蜿蜒的溪水环绕着寺院,茂密的竹林簇拥着山峰,溪谷山腰飘荡、聚散着白色的云雾,这是一个幽深高峻的所在。湾,水流弯曲的地方。

诗的后两句侧重写自己。作者先是挂扶拐杖散步漫游(从"放杖"一词可知),走累了,就面对涧泉、背靠山岩

坐下休息，聆听溪声鸟鸣，观赏花草山色。定林因为幽深高峻，人迹罕见，是闲置的资源，作者因为罢官退居，无事可做，是置闲的人才，所以说景物"共我闲"。

王安石后期是被迫归隐的，是不得不啸傲林泉的，这首看似抒写闲适心情的短诗，其实寄寓着沉重的悲慨忧愤，只是不易察觉而已。

我们要特别指出的是，本诗所涉及的溪、山、屋、竹、云、鸟、花诸景物中，溪和山是主角，其余皆陪衬。在我国古代诗歌里，山水往往代表着整个大自然；在王安石退隐后的十年间，同僚、晚辈、门生、故旧几乎都与他断绝往来，唯有溪山是他的伴侣、朋友。本诗围绕溪山组织语句，又每句重复使用"溪""山"二字，突出了这一诗的意象，借以反映自己貌似闲澹实则无奈的处境。溪、山就是本诗的"珠"，其他文字是线，溪山的重复使用、接续出现，产生了珠玑连贯的效果，"连珠诗"由此得名。

连珠诗的产生、定型，有一个发展过程。起先是连珠手法的运用，但局部而非通篇的连珠诗句，还不能算是连珠体。比如李白的《月下独酌》，全诗七联，有四联用了"月""影"两字。此诗历来获得好评，且与连珠手法的运用关系极大，但它不是连珠诗。

早期连珠诗，与李白《月下独酌》的相同之处，是以一联两句为单位，也就是以一个复句为单位，重复特定的两个字；不同之处在于，称得上连珠诗的是通篇或大部分复句都出现那特定的两个字，而不是局部如此。早期连珠诗，多为五言诗。试看五代诗人詹敦仁的《柳堤》：

种稻三十顷，

>　　种柳百余株。
>　　稻可供饘粥，
>　　柳可爨庖厨。
>　　息来柳阴下，
>　　读书稻田隅。
>　　以乐尧舜道，
>　　同是耕莘夫。

此诗以一联两句（一个复句）为单位，全诗四联中有三联重复"稻""柳"两字。这种形式也少量地见之于七言诗。

连珠诗发展到后来，产生了每个单句（一句诗而不是一联诗）都重复特定二字的新形式，并且成为连珠诗的主要形式。我们前面介绍的《定林所居》就是范本。再后来，又出现了连珠体组诗，出现了连珠词、连珠曲。

明朝唐寅有《花月吟效连珠体》组诗十一首，这里抄录前三首：

>　　有花无月恨茫茫，
>　　有月无花恨转长。
>　　花美似人临月镜，
>　　月明如水照花香。
>　　扶筇月下寻花步，
>　　携酒花前带月尝。
>　　如此花好如此月，
>　　莫将花月作寻常。
>
>　　花香月色两相宜，

惜月怜花卧转迟。
月落漫凭花送酒,
花残还有月催诗。
隔花窥月无多影,
带月看花别样姿。
多少花前月下客,
年年和月醉花枝。

月临花径影交加,
花自芳菲月自华。
爱月眠迟花尚吐,
看花起早月方斜。
长空影动花迎月,
深院人归月伴花。
美却人间花月意,
拈花玩月醉流霞。

唐寅此作,从内容看是咏物抒怀诗,从形式看是联章连珠诗。围绕着花与月,作者反复吟唱,写花好月圆的良辰美景,写花前月下的饮酒赋诗,写拈花玩月的潇洒风流,写怜花惜月的轻愁淡怨,作者用拟人手法,让花、月具有思想情感,不仅花香月色、花姿月影相宜、相映,而且自己与花月更是相知、相亲,花月成了作者的良伴挚友。诗用联章体,一组十一首,每首皆咏花、月二物;又用连珠体,每句都用"花""月"二字,连珠体与联章体的叠加,使长线穿珠、珠连玉贯的效果格外鲜明,特别强烈。唐伯虎不愧是"吴门四家"的大才子,他的这首诗是连珠诗的珍品。

  我国古代散文也有连珠体，西汉扬雄有《连珠》一文问世并留存，后人仿作不少，但刘勰论之曰"欲穿明珠，多贯鱼目"（《文心雕龙·杂文》），评价不高。

重句诗

黄鹄曲
无名氏

黄鹄参天飞,
半道郁徘徊。
腹中车轮转,
君知思忆谁?

黄鹄参天飞,
半道还哀鸣。
三年失群侣,
生离伤人情。

黄鹄参天飞,
疑翩争风回。
高翔入玄阙,
时复乘云颓。

黄鹄参天飞,
半道还后渚。
欲飞复不飞,
悲鸣觅群侣。

——《玉台新咏笺注》,乾隆三十九年版

这首"吴声歌曲",是南北朝时期长江下游地区的民歌。

黄鹄，鸟名，朱骏声《说文通训定声·孚部》云："形似鹤，色苍黄，亦有白者，其翔极高，一名天鹅。"本诗中的黄鹄是借喻，是比拟。

《诗经·秦风》有《黄鸟》诗，以黄鸟悲鸣起兴，重章叠句，讽刺秦穆公以人殉葬，表达对被殉的秦国三位良臣的沉痛悼念。此黄鸟，一般认为是黄雀。先秦古歌中有《黄鹄歌》，是一首年轻寡妇的守节之歌，而以丧偶的孤栖独宿的黄鹄自喻。乐府民歌《黄鹄曲》显然受《黄鸟》和《黄鹄歌》的影响，但主旨完全不同。

《黄鹄歌》悲哀的是"天命早寡"，"七年不双"，即少妇丧夫，而《黄鹄曲》悲哀的是"三年失群侣，生离伤人情"，即家庭离散。

《黄鹄曲》共四章。第一章写飞行途中，半道徘徊。为什么呢？抑郁苦闷。到什么程度呢？千思万虑想不通，愁肠百结，难以释怀。"腹中车轮转"形容循环往复、无休无止的思虑，比喻准确生动。想的是什么呢？对他人牵肠挂肚的挂念。

第二章黄鹄由徘徊而"哀鸣"，情绪更其激烈，并且回答了第一章末句的问题，"思忆"的是三年前失散的"群侣"——不是一个伴侣，而是众多亲人。至此，读者知道了参天而飞的是一只孤鹄，它是独自远行。第二章的后两句，可谓全篇的点睛之笔。

第三章有点费解。"疑"在这里是停止的意思（《古汉语常用字字典》，商务印书馆，1979年版），"疑翩"，停止向前飞行。全章是说黄鹄决定不再继续迁徙，而要借助于风力飞回原地（与群侣失散之地）；它时而振羽升上高天，时而展翅滑落低空，一边返程飞行，一边寻找同伙。

　　第四章写饱受羁旅苦难、寂寞疲惫的黄鹄来到沙渚小洲栖息，这里或许是它和同伴群侣曾经的逗留、夜宿之处，故地重至，它怀着一线希望寻寻觅觅，却只见冷冷清清，心中更加凄凄惨惨戚戚，欲飞不忍，欲罢不能。

　　这首《黄鹄曲》明写孤鹄：参天高翔，群飞群止，栖宿水渚，哀鸣长空等，都符合鸿鹄的习性、特点，但是作者的本意是以鹄自喻，托物咏怀，表达了只身漂泊、颠沛流离、孤独困苦的遭遇和怨恨。从东汉末年起，军阀割据，三国争雄，八王战乱，五胡入侵，南北分裂，朝堂更替，烽火连绵长达两百余年，其间国破家亡，妻离子散，辗转逃难，流浪避祸，该有多少矜寡孤独废疾之人啊，真的是遍地哀鸿！《黄鹄曲》反映了那个特定历史阶段黎民百姓经历的浩劫。

　　借喻手法，《黄鹄曲》与《黄鹄歌》类似，重句形式则与《黄鸟》诗相同。《诗经·秦风·黄鸟》凡三章，每章首句都是"交交黄鸟"。重章叠句是《诗经》形式上的一大特征，语句重复或基本重复的作品超过一半，而且重叠语句的种类很多，有重复一句的，也有重复两句三句甚至四句的；有重复的句子完全一样的，也有基本一样个别文字变动的；有重复在开头、结尾的，也有重复在中间部位的；等等。以上各种类型对后世诗歌创作影响最大的是重复一句，完全一样，放在开头或者结尾，也就是重首句和重尾句，并称"重句体"。《黄鹄曲》属重首句。张养浩的散曲《沉醉东风》共七首，每首都以"因此上功名意懒"结束，属重尾句。

重句体诗（包括词、曲）现当代也有，重首句的如郭沫若《炉中煤——眷念祖国的情绪》。

郭沫若先生的这首新诗，用比拟手法，把祖国比作年轻女郎（这是拟人），把自己比作炉中燃煤（这是拟物），每节的首句都是"啊，我年青的女郎"，通过这一句的四次重复，强化了"眷念祖国的情绪"。

柯岩女士的《周总理啊，你在哪里》是重尾句体式的著名诗作。重句体诗根据表达的需要，恰到好处地重复使用同一诗句，可以强化主旨立意，强化思想感情，或者强化节奏韵律，收到一唱三叹、循环往复、荡气回肠的艺术效果。笔者当年给学生讲《周总理啊，你在哪里》，范读全诗时，不禁热泪盈眶，涕零哽咽。柯岩这首诗所以感人至深，那凝聚对周总理深切悼念和缅怀的中心句"周总理啊，你在哪里？你在哪里"，在每章末尾的重复运用，无疑起了重要作用。

顶真体

白云歌送刘十六归山

李 白

楚山秦山皆白云,

白云处处长随君。

长随君,君入楚山里,

云亦随君渡湘水。

湘水上,女萝衣,

白云堪卧君早归。

——《李白集校注》,上海古籍出版社,1980年版

陈望道《修辞学发凡》给"顶真"所下的定义是"用前一句的结尾来做后一句的起头,使邻接的句子头尾蝉联而有上递下接趣味的一种措辞法"。其所举诗歌中的例作,就有李白送刘十六归山的《白云歌》。

此诗作于唐玄宗天宝初年,时李白在长安,他的朋友刘十六("十六"是其在宗族同辈兄弟中的排行)即将归隐家乡湖南,李白写诗送别。

"白云"有出典。南朝齐陶弘景隐居于句曲山,齐高帝萧道成下诏书问他"山中何所有?"陶弘景作诗回答:"山中何所有?岭上多白云。只可自怡悦,不堪持赠君。"由此,白云便与隐居、隐士紧密联系,成为隐者自由自在、超凡脱俗的生活和风度的象征。刘十六归山隐居,李白作诗送行,以白云为诗题,既别具匠心,又贴近自然。

长安古属秦地,湖南古属楚地。陕西有华山、骊山、

太白山、终南山等,湖南有衡山、莽山、九嶷山、天门山等,两地均名山众多;而凡大山深山,必定云雾缭绕,更何况白云素为隐逸象征。作诗事由是"归山",诗歌题目是"白云",友人踪迹是自秦归楚,这首诗的第一句"楚山秦山皆白云",貌似平淡,却一石击数鸟,辞约义丰:有以两山指两地的借代,有以白云说隐逸的借喻,有切事扣题的考量。如此巧夺天工,而毫无斟酌推敲的痕迹,仿佛现成佳句,只是妙手偶得。李白诗艺之不易学,正在此处。

诗的第二句开头与第一句结尾重复使用"白云"两字,使两句蝉联贯通,又进一步推出主角,让他在深山白云的背景下登台亮相,展示刘十六原本就是隐逸之士的身份、形象,无论在秦还是入楚。以上为本诗的第一层次。

第三、四、五句为第二层次。"长随君"的重复,与前文紧相承接,"楚山"的重复与全诗开头遥相照应,第五句中"随君"再次重复,使白云与隐士形影不离的意味得到强化。第一层次写到"楚山"只是伏笔,第二层次才点明朋友所归之地正是楚山,而"渡湘水"则把范围缩小、落实到湖南。湘江乃湖南大川,湖南自古简称"湘"。

第六、七、八句为第三层次。屈原的《九歌》中有《山鬼》篇,写女巫装扮成山鬼模样入山迎接神灵的经历,作者以"被薜荔兮带女萝"(身披薜荔,腰束女萝)描绘山鬼的服装。李白本诗的"女萝衣"一句,借用典故表达这样的意思:朋友回家乡隐居,必定大受山水神灵的欢迎,从而顺理成章地引出结尾一句:故乡可爱,隐居可行,你就早点回去抓紧走吧!

天宝元年(742),由于持盈法师(玄宗妹玉真公主)

和贺知章、吴筠等人的推荐，李白应诏到长安，入翰林，想要有所作为，一展宏图，但很快因触犯权贵而遭谗毁，被赐金放还。从政希望破灭之时写的这首《白云歌》，除为朋友归隐而点赞外，也包含着李白自己同黑暗政坛决裂的选择以及对无拘无束的隐逸生活的向往。

本诗以白云为主要意象贯串始终，辅之以山和水，以顶真为主要方式组织篇章，辅之以重沓、呼应，再加上感情充沛，语言平易，便使全诗行云流水般舒卷自如、通顺畅达。本诗只有八句，却有五句用顶真方式互相衔接，也即大部分诗句用了顶真的措辞法，作为顶真诗是可以成立的。

诗歌中的顶真现象，源自《诗经》，比如《大雅·既醉》就有若干顶真的诗句。汉乐府诗和南北朝诗也有顶真现象。至梁朝沈约的《拟青青河畔草》，五言八句，逢双句末便出现顶真，很有规律，标志着顶真诗的成型。唐以后，诗词曲中的顶真频次加密，由每两联之间顶真发展为每两句之间顶真，如元代乔吉的散曲〔越调〕《小桃红》：

> 落花飞絮隔朱帘，帘静重门掩。掩镜羞看脸儿褒，褒眉尖，尖尖指屈将归期念。念他抛闪，闪咱少欠，欠你病恹恹。

处处顶真，句句蝉联，有时难免生硬牵强，比不上李白《白云歌》的贴切自然。

需要说明，每句蝉联的诗，古今学者都有人称其为联珠格或联珠体。本书称为顶真诗，是取此体多种名称的一种，因为句与句蝉联是顶真修辞方法最基本、最主要也最常见的形式。

连环体

忆金陵三首
王安石

一

覆舟山下龙光寺,
玄武湖畔五龙堂。
想见旧时游历处,
烟云渺渺水茫茫。

二

烟云渺渺水茫茫,
缭绕芜城一带长。
蒿目黄尘忧世事,
追思陈迹故难忘。

三

追思陈迹故难忘,
翠木苍藤水一方。
闻说精庐今更好,
好随残汁理归艎。

——《王荆文公诗笺注》,上海古籍出版社,2010年版

陈望道先生把顶真修辞方法分为两种格式:每句蝉联的称为联珠格,章和章中间的一句蝉联的称为连环体。王安石的这一组诗用的是连环体。

王安石是江西临川人,却与金陵(宋时称江宁,今江苏南京)结下不解之缘。宋真宗天禧五年(1021),王安

石出生于江西清江县官舍内,那时他父亲王益任临江军判官,居清江。此后,王安石又随父亲四处宦游,十七岁,因父亲通判江宁而来到江宁,十九岁父亲去世,王安石葬父于江宁牛首山,在江宁居丧三年。宋仁宗庆历二年(1042)进士及第,出任淮南判官,开始踏上仕途。历任鄞县知县、舒州通判、常州知州、江东提刑、京都三司度支判官,知制诰,升任参知政事(副相)、同平章事(宰相)。期间,嘉祐八年(1063)母亲吴氏卒,王安石扶柩回江宁守孝又是三年。变法失败,再度罢相后退隐江宁近十年,直到去世。

王安石一生中,虽然多次回临川探亲,却从未长时间居住,他实际上是把金陵当作故乡的。晚年写的《泊船瓜洲》诗云"京口瓜洲一水间,钟山只隔数重山。春风又绿江南岸,明月何时照我还",我们可以从中看见他的金陵情结。

根据王安石的生平经历和诗的内容推断,《忆金陵三首》当作于其在扬州任淮南判官时。

覆舟山在金陵城北七里,状如覆舟,因此得名。此山曾数易其名,现称九华山,六朝时属皇家园林"乐游苑",东晋末年,山下建有青园寺,刘宋时改名龙光寺。玄武湖在城北二里,古名桑泊、后湖,刘宋元嘉年间传有黑龙现湖中,因改名玄武湖;五龙堂是当年湖边景点。"芜城"即广陵,今江苏扬州,鲍照有《芜城赋》,描述多次战乱兵燹后扬州荒废的景象。"蒿目"是极目远望的意思,"蒿目"一句表示对世事忧虑不安。"精庐"即精舍,旧指书斋、学舍,集生徒讲学之所。"残汴"指邗沟,自淮安到扬州,连通淮河与长江的运河;隋代开挖从洛阳到淮河的通济渠,其中一段属古之汴水,唐、宋人称通济渠东段为汴河;因为邗沟较短，接在通济渠的尾端，所以王安石称之为"残汴"，残，剩余的意思。"艎"，本指战舰，这里泛指大船。

《忆金陵三首》其一主要写金陵，写作者旧时在金陵的游历。金陵乃六朝故都，名胜古迹无数，王安石在金陵已连续生活五年，游历之处屈指难尽，诗里以点带面，以偏概全，举一山一湖而总摄全部。山间湖上本自多烟岚云雾，又是回想中的景象，就更加"渺渺""茫茫"了。其二主要写扬州，写作者当时在扬州的心境。扬州有长江、运河，有瘦西湖、二十四桥，同样烟云渺渺水茫茫，但步入仕途的王安石，对北宋的社会矛盾、政治黑暗、黎民疾苦比之过去的接触更深入、了解更具体，使他难免忧心忡忡，而幕僚生涯的平庸，官场应酬的无聊，也让他厌倦，王安石不禁留恋起在金陵读书游览的从容闲雅了。其三合写扬州、金陵，表示淮南判官任满离职后要先回金陵故地重游。从"翠木苍藤"一句看，本组诗应该是春天写的。《宋史·王安石传》说他"少好读书，一过目终身不忘"，少年时代便熟读"四书五经"和百家史书别集，听说当年在金陵的读书之所如今条件、景物更好，作者不禁心向往之，打算沿长江乘大船归还金陵了。

《忆金陵三首》先写追忆金陵，再写追忆原因（广陵、金陵景色类似，而自己心境却生变化），最后由追忆而向往，设想何日重游故地。三首诗内容虽转换曲折，但是传递接续的是一个心理活动的过程。采用连环体，使三首诗在形式上联系更加紧密，语气更加流畅，更彰显出组诗的特征。

陈毅同志有一首《示儿女》也是连环诗，见《陈毅诗词选集》人民文学出版社1977年版。全诗四句一节，共六节，节与节之间重复同一诗句，也就是上节末句与下节首句完全相同，这是以章节作为连环单元，以整句作为连接点的典型的连环诗，而篇幅比王安石的《忆金陵三首》扩大一倍。诵读之际，慈父对儿女殷殷叮嘱、娓娓道来的情景口吻如在眼前耳畔。

数字诗

咏　雪
无名氏

一片二片三四片，
五片六片七八片。
千片万片无数片，
飞入芦花皆不见。

——《书画百家诗》，湖南美术出版社，2013年版

以数字入诗，在我国古代诗歌中并不少见。比如：李白《宣城见杜鹃花》"蜀国曾闻子规鸟，宣城还见杜鹃花。一叫一回肠一断，三春三月忆三巴"；杜甫《绝句四首·其三》"两个黄鹂鸣翠柳，一行白鹭上青天。窗含西岭千秋雪，门泊东吴万里船"；杜牧《江南春》"千里莺啼绿映红，水村山郭酒旗风。南朝四百八十寺，多少楼台烟雨中"。宋词里也有，如辛弃疾《西江月·夜行黄沙道中》下片："七八个星天外，两三点雨山前。旧时茅店社林边，路转溪桥忽见。"

以数字入诗与数字诗不是同一概念。必须是巧用数字成为主要表现手法，成为创作的基本构思，成为写作构思的基础，这样的诗才是数字诗。

无名氏（或说郑板桥，或说纪晓岚，或说某秀才）的《咏雪》诗，首句写天空零星地飘下几点雪花，第二句写雪花渐渐多起来了，第三句已是大雪纷飞了，第四句由漫天皆白聚焦到江边的一片芦苇，雪花与芦花交相融合，分辨不清，

"皆不见"了。这首诗从"一"开始，从个位数开始，增至千、万位数，直至"无数"，最后又归于"零"；作者巧妙地运用数字，准确、形象地描绘出下雪的过程和特有的景象，并且通过细致的观察、欣赏，透露了兴致勃勃的喜悦心情。诗句看似平常，"片"字九次重复，却因为巧用数字，特别是结尾的归零，如异峰突起，画龙点睛，使全诗顿时生辉增色，充满艺术魅力。作者运用数字写诗的技巧令人拍案称奇。

古代还有一首无名氏的数字诗：

> 一去二三里，
> 烟村四五家。
> 楼牌六七座，
> 八九十枝花。

这是一首初春踏青郊游的诗。作者出城步行二三里，途经某小村庄，四五户人家，炊烟袅袅；古代城镇的郊野往往有宗族大家聚葬的墓地，牌坊是竖在墓地表彰逝者品行的建筑物，一路上可以看到几座这样的有两三层结构像楼房的石头牌坊。我国古代的清明节，既是扫墓祭祖的日子，又是野外春游的日子，因为墓地在农村，所以城里人是把这两件事结合起来做的。这首诗应该是反映清明时节扫墓上坟、踏青郊游情景的，所以着重叙写了墓地的牌坊和原野的花朵。古人祭祖，是为感恩追远，传承优良家风，故墓地牌坊不算少——"六七座"，而清明时节自然开放的野花尚不多，稀稀落落——"八九十枝"。综上分析可见，本诗的描写是相当准确、真切的，而对数字的运用同样巧妙，甚至可以说比前面一首《咏雪》诗更加规范，它

把个位数完整地从"一"排列到"十"。古代士大夫文人写的数字诗,大多比较规范,请看南朝齐人虞羲的《数名诗》:

> 一去濠水阳,
> 连翩远为客。
> 二毛飒已垂,
> 家贫无所择。
> 三径日荒疏,
> 徭人心不怿。
> 四豪不降意,
> 何事黄金百?
> 五日来归者,
> 朱轮竟长陌。
> 六郡轻薄儿,
> 追随穷日夕。
> 七发动音容,
> 宾从纷奕奕。
> 八表服英严,
> 光光满坟籍。
> 九流意何以?
> 守玄遂成白。
> 十载职不移,
> 来归落松柏。

魏晋南北朝时期,征战连年,改朝换代频繁,虞羲此诗以一个服役老兵的身份,表达远离家乡、久服劳役的苦恼,叶落归根、归葬故园的愿望,更表达了对四方归降、国家一统、结束战乱的期盼。这首诗作为数字诗（又叫数名诗）是十分规范的：每两句用一个数字，全部冠于单句的句首，从一至十依次顺序安排。但是，与前面我们介绍分析的两首无名氏数字诗相比较，反而显得不够灵活、生动。

数字诗魏晋以后代有作者，现当代著名学者马一浮先生也写过"数名诗"，抄录其中一首：

不读一字书，
能为一世雄。
据蜗唯两角，
相羽亦重瞳。
无复事三让，
谁闻诛四凶。
五行已久汩，
六合知焉穷？
七国就夷灭，
八王召兵戎。
驱车九折坂，
对面九嶷峰。
岂唯十世尔，
百世将毋同！

马一浮（1883—1967），名浮，字太渊，后字一浮，浙江绍兴人。曾游学美、英、德、日诸国，回国后潜心研究儒家经典，贯通文史哲，融会儒道释。新中国成立后任上海市文物管理委员会委员、浙江省文史馆馆长、中央文史研究馆副馆长，是全国政协特邀委员。他的这首数字诗嵌用了十一个数字，内容多为历史与典故。

开头四句写楚汉相争，用了章碣诗《焚书坑》"坑灰未冷山东乱，刘项原来不读书"的语典和《庄子》蛮触相争于蜗牛两角的寓言，以及《史记》所载项羽重瞳（眼睛有两个瞳仁）的事典。"三让"指古代人相见的礼节；"四凶"指尧舜时被流放的部落首领；"五行"指仁、义、礼、智、信五种德行；"六合"指天地四方合成的空间；"七国"指汉景帝平定的七个反叛的诸侯国；"八王"指西晋的"八王之乱"；"九折坂"为唐代入蜀要道；"九嶷峰"为虞舜葬身埋骨之地。诗的最后两句，出自《论语》。《论语·为政》中，子张问："十世可知也？"子曰："殷因于夏礼，所损益，可知也；周因于殷礼，所损益，可知也。其或继周者，虽百世，可知也。"子张问，往后十个朝代的礼制（规章制度）是否可以预知。孔子通过夏、商、周三代之礼的沿袭、变化，认为参考以往，可以预测今后，鉴往可以知来，不仅十世，即使百世，其大致趋向也可预知。马先生诗的末句"百世将毋同"的"毋"，是个语气助词，无义。

马一浮先生的这首数字诗，未必有集中、明确的主题，它反映了现代文人学者写作数字诗的尝试，反映了马老先生渊博的学识和妙用数字的技巧。全诗用了两个"一"、两个"二"（"重瞳"是借用）、两个"九"，中间单用"三"至"八"，结尾则由"十"跃至"百"，可以说是既整齐又参差，既规范又灵动。

虚字诗

子绍至云安，复和前韵见寄，酬以二首（其一）
王十朋

细阅皇朝进士科，
第三人最得贤多。
不劳则饿天将任，
或起而僵帝欲哦。
馆阁早推仁者勇，
庙堂终作国之璠。
也知有意东山卧，
其奈苍生望子何？

——《王十朋全集》，上海古籍出版社，1998年版

汉语的书面表达，初期是刻在甲骨竹木之上的，抑或勒于石，铸于鼎，都很费力耗时，因此注重简括，往往惜字如金。我国古代诗歌，作为语言艺术的珍品，特别是文人诗、近体诗，更讲究精练，追求辞约义丰，言有尽意无穷。这样的价值取向，决定了写诗应主要用实词表情达意，多用虚字（虚词）被视作"非诗之正体"（韦居安《梅磵诗话》）。

当然，写诗不是一概不可用虚字，只是不能多用。事实上，我国古代诗歌用虚字的现象不胜枚举。《诗经·伐檀》"坎坎伐檀兮，置之河之干兮，河水清且涟猗"，首句"兮"是语气助词，次句除"兮"外，还有"河之干"的"之"字，是结构助词，第三句"且"是连词，"猗"同"兮"。《离骚》

中"夕归次于穷石兮，朝濯发乎洧盘"，"苏粪壤以充帏兮，谓申椒其不芳"，"惟兹佩之可贵兮，委厥美而历兹"，这几句里的"于""乎""以""其""之""而"都是虚词。再如，李白《蜀道难》的"噫吁嚱，危乎高哉！蜀道之难，难于上青天"，杜甫《寄岳州贾司马六丈、巴州严八使君两阁老五十》的"古人称逝矣，吾道卜终焉"，王安石《李璋下第》的"男儿独患无名尔，将相谁云有种哉"，等等，不一而足。

用虚字的诗，不都是虚字诗，须大部分句子乃至每个句子都用了虚字，才叫虚字诗。有学者认为，诗用虚字的现象虽然出现很早，真正的虚字诗却出现较晚，陈子昂的《登幽州台歌》，四句中三句用了虚字，可以看作是虚字诗的先河。王昌龄等人也有虚字诗问世。

据苏州大学中文系教授罗时进先生考证，《登幽州台歌》绝无版本根据，又与陈子昂诗的惯用体裁、写法不符，只是他给好友卢藏用的信中，倾诉随军北征、怀才不遇的几句话而已，而"前不见古人，后不见来者"乃晋宋期间的熟语（罗时进《唐诗演进论》，江苏古籍出版社，2001年版，第39—44页）。至于王昌龄的《灞池》和孟浩然的《用者也韵》，均四句而两用虚字，是否标准的虚字诗，可以商榷。

厉鹗《宋诗纪事》卷十六所载北宋人王介《赠人落第》诗（四句皆用虚字），虽历来为人们所称道，但钱钟书先生断为"句"，即不是完整的一首诗（《宋诗纪事补正》，第三册，辽宁人民出版社、辽海出版社，2003年版，第1096页）。本篇所选王十朋的《子绍至云安，复和前韵见寄，酬以二首（其一）》则是比较典型的虚字诗。

南宋孝宗乾道元年（1165）至乾道三年（1167），王十朋知夔州（今重庆奉节），期间，他的同年（同科考中的进士）梁子绍从彭州（今属成都）移知云安（今重庆云阳），途经夔州，拜访王十朋，流连数日，两人以诗唱酬。梁子绍抵达云安后，又用前韵寄诗给王十朋，这是王"酬以二首"中的第一首。

王十朋和梁子绍同为南宋高宗绍兴二十七年（丁丑，1157）进士，王为状元（第一名），梁为探花（第三名）。首联说，本朝科举进士中，第三名贤臣最多。作者自注列出滕达道、陈了翁等四人为证，这可能是事实，也包含了对友人的夸奖。第三句语出《孟子·告子章句下》"天将降大任于斯人也，必先苦其心志，劳其筋骨，饿其体肤"，意思是友人堪当大任。第四句的"僵"本指躺着不动，喻指伏处不出（退隐山林不出来做官）；哦，表示惊讶；全句意为如果朝廷征召而不赴任，就违拂了皇帝的重托。颈联的馆阁，指掌管中央图书经籍和负责编修国史的官署，宋代主要有昭文馆、史馆、集贤馆和秘阁、龙图阁等，通称"馆阁"；王十朋、梁子绍都做过秘书省校书郎；庙堂，本是太庙的明堂，古代帝王祭祀、议事的地方，后借指朝廷；皤，白色，国之皤，国家的白首老臣。尾联的"东山卧"用谢安之典故。《晋书·谢安传》载，谢安初为佐著作郎，因病辞官，隐居东山多年，经朝廷再三聘请，才又出山，后官至中书令、司徒（公卿之职）。当时有朝臣责问谢安，你屡违朝旨，不肯出山，"将如苍生何？"将把老百姓怎么办呢？

通读全诗可知，梁子绍长在巴蜀地方当官，条件比较艰苦，曾萌生辞官退隐之念，王十朋此诗委婉地进行劝导。

首联先肯定他是个良才贤臣；颔联再说他到艰苦岗位挂职锻炼，今后堪担大任，会被重用；颈联既回顾又展望，当年在秘阁，你已崭露头角，来日必能成为朝廷重臣、国家栋梁；尾联很重要，你如果辞官隐居，怎么对得起黎民百姓寄予的厚望呢？

  王十朋这首诗从国家托付、民众瞩望角度规劝友人勤于职守，其意义、作用是积极的、进步的。八句诗有六句用虚字，符合标准，是合格的典型的虚字诗。颔联的"不"是表示否定的副词，"或"是表示选择的连词，"则"表示紧接，"而"表示转折，两个都是连词。颈联的"者"和"之"都是结构助词。尾联的"也"是表示同样，"其"是表示推测，两个都是副词。全诗六句用虚字，共用八个虚字，在意思表达上，这些虚字用得准确；在词性上，即便以现代的眼光衡量，也是两两相对的，使此诗完全符合七律对仗的要求；从效果看，这些虚字整体加强了诗的委婉语气，作者循循善诱的神情如在面前，真可谓虚而不空，虚实相生。

禽言诗

戏和答禽语

黄庭坚

南村北村雨一犁,

新妇饷姑翁哺儿。

田中啼鸟自四时,

催人脱裤着新衣。

着新替旧亦不恶,

去年租重无裤着。

——程千帆《宋诗精选》,江苏古籍出版社,1992年版

蝉,俗称"知了",以其叫声而得名。禽鸟比昆虫更善啼鸣,有些鸟的叫声更是近于人语,我国先民很早就注意到这一现象,上古《山海经》便作过记载。至唐代,有诗家用鸟叫谐音人语,通过引申、发挥构成诗篇,创立了禽言诗。在宋代,禽言诗颇为流行,梅尧臣、苏轼、黄庭坚、刘克庄等都有作品问世。这与宋儒"民胞物与"的思想观念(民众是我同胞兄弟,万物是我同伴朋友)和"游戏三昧"的艺术主张密切相关。

禽言诗中,被谐音的鸟叫,以杜鹃(杜宇)最为常见,因其鸣声而俗称"布谷"和"脱裤""脱却破裤"。取前名写诗的多为劝农,取后二名写诗的则多为悯农。黄庭坚的《戏和答禽语》是取"脱裤"而悯农的诗。

全诗六句。开头两句写春耕。一场透雨后,各地村庄的农民抓住时机紧张忙碌起来,"雨一犁",雨水能够浸泡

一个犁头那么深的土地,是说雨水充足。家家户户全员出动,尽力劳作,年青的媳妇到田头送饭、给婴儿哺乳,全家人在田边就餐,节省来回走路的时间。中间两句写啼鸟。"自四时",自能明辨一年四季,杜鹃鸟主要是在春季啼鸣,正是春耕播种之时。杜鹃的叫声,在农民听来是要他们"脱却破裤"——衣服也应该换季了。结尾两句写农民对禽语的回答。啼鸟叫人穿新替旧,当然是一番好意,但你哪里知道,由于去年租税太重,我们穷得原本就没有裤子穿,原本无裤,如何脱裤?

  黄庭坚这首禽言诗,借人禽和答,为农民代言,揭露了北宋社会农民遭受沉重剥削,几乎沦于赤贫的处境。用禽言诗这种形式,又用一个"戏"字标题,表现的是农民的苦痛和悲愤,全诗亦庄亦谐,有喜有悲,幽默讽刺的效果极好。另外,诗的前两句平和而起,风调雨顺,耕者不违农时,应该能丰衣足食吧?中两句暗里过渡,且扣"禽言"之体制。而后两句则突如其来,意外转出与上面相反的情景,曲折深刻,耐人寻味。总之,这是禽言诗的上乘之作。

  《苏轼诗集》(中华书局,1982年版)第四册有《五禽言》组诗,其一云:

    昨夜南山雨,

    西溪不可渡。

    溪边布谷儿,

    劝我脱破裤。

    不辞脱裤溪水寒,

    水中照见催租瘢。

这同样是禽言诗中的"脱裤诗",同样反映了封建时代农民的悲惨遭遇，与黄庭坚的"脱裤诗"相比较，除了税赋繁重外，还反映了官府为逼租而吊打农民，在农民身上留下累累伤痕，揭露更进一层。但从艺术表现角度看，苏诗略显直白，不如黄诗深曲。

禽言诗采用的禽言，鹧鸪叫声也是常见的。宋末元初的遗民诗人梁栋有《四禽言》（见《隆吉诗集》），其三云：

行不得也，哥哥！
湖南湖北春水多。
九嶷山前叫虞舜，
奈此乾坤无路何？
行不得也，哥哥！

"行不得也，哥哥！"是谐音鹧鸪叫声。湖南乃梁栋原籍；九嶷山又名苍梧山，在湖南省南部，古代传说，虞舜南巡死于苍梧，即葬其地。长江是当年南宋北拒元蒙的防线，沿江守土御敌的军事重镇襄樊、荆州、鄂州、蕲州等均在湖北境内，元蒙大举灭宋之际，诸镇接连失陷，南侵骑兵步卒如江流泛滥，南宋半壁江山相继陆沉，"湖南湖北春水多"即喻此。梁栋这首诗抒写了宋亡之后，江南爱国知识分子走投无路的悲愤心情。作者"叫虞舜"，但远祖先王此刻也无可奈何。"行不得也，哥哥"的重复使用，强化、突现了诗的主题（本诗亦属重句体，是重句体中的首尾吟体）。

我国古代还有一首诗而采用两种"禽言"的。如明代解缙的题画诗《题长亭四柳图，送薛尚书致政》（见《解愠编》）：

东边一株杨柳树，
西边一株杨柳树，

南边一株杨柳树,
北边一株杨柳树。
纵有柳丝千万条,
也绾不得征鞍住。
南山叫鹧鸪,
北山叫杜宇。
一个叫行不得也哥哥!
一个叫不如归去!

这首诗采用了鹧鸪、杜鹃两种鸟的叫声,"不如归去"作为杜鹃啼鸣的又一谐音汉语,是古代诗坛文人约定俗成的。

当代著名词人、词学家夏承焘先生也写过禽言诗和禽言词,见徐元选注《中国异体诗新编》。

白战体

雪
欧阳修

时在颍州作。玉、月、梨、梅、练、絮、白、舞、鹅、鹤、银等字,皆请勿用。

新阳力微初破萼,
客阴用壮犹相薄。
朝寒棱棱风莫犯,
暮雪缕缕止还作。
驱驰风云初惨淡,
炫晃山川渐开廓。
光芒可爱初日照,
润泽终为和气烁。
美人高堂晨起惊,
幽士虚窗静闻落。
酒垆成径集瓶罂,
猎骑寻踪得狐貉。
龙蛇扫处断复续,
猊虎团成呀且攫。
共贪终岁饱稌麦,
岂恤空林饥鸟雀?
沙墀朝贺迷象笏,
桑野行歌没芒屩。
乃知一雪万人喜,

顾我不饮胡为乐?

坐看天地绝氛埃,

使我胸襟如洗瀹。

脱遗前言笑尘杂,

搜索万象窥冥漠。

颍虽陋邦文士众,

巨笔人人把矛槊。

自非我为发其端,

冻口何由开一噱?

——《欧阳修全集》,中华书局 2001 年版

宋仁宗皇祐二年(1050),欧阳修在颍州(今安徽阜阳)知州任上。这年初春,颍州春寒料峭而下了一场雪,欧阳修邀集宾客在聚星堂饮酒赋诗,以雪为题。因为玉、月、梨、梅、练、絮、白、舞、鹅、鹤、银等词语,在雪诗中已经用滥了,所以大家约定,这些词语一律不得再用。

欧阳修的《雪》诗每四句为一个层次。首四句写春寒雪作。古代常用"阴""阳"指称自然气象。这四句是说,立春不久,温暖气流实力不足,而寒冷气流依然强大;从早晨开始西北风劲吹,到傍晚时分就断断续续地下起雪来。次四句写下雪过程:"驱驰"句写初雪,"炫晃"句写雪盛,"光芒"句写雪霁,"润泽"句写融雪。又四句写雪中人物活动,有的凭栏远眺,有的隔窗聆听,有的沽酒驱寒,有的寻踪射猎。"龙蛇"四句则照应前面下雪过程而进一步描绘雪天特有的景象。踏雪出行者的印迹像龙盘蛇旋一样蜿蜒曲折,用雪堆成的各种动物形象生动,寂静的丛林里鸟雀无声,

人们脸上都洋溢着雪兆丰年的喜悦。"沙墀"四句则进一步申足"一雪万人喜"之情。从都市到村野，从朝臣到农夫，包括作者自己在内，都因这场瑞雪预示的丰收而兴高采烈。接着，欧阳修由"顾我不饮胡为乐"一句的承上启下而转到叙写此次会客饮酒赋诗之事。大雪覆盖了尘埃，净化了空气，人们的身心也仿佛经过了一番洗涤；为写出同样清新的诗篇而禁用陈旧的体物语，因此不得不在字沙辞海中广泛搜索。最后，作者说：颍州虽是小地方，却有众多大手笔，我只是提个建议开个头，抛砖引玉，请各位开口吟出好诗来。

从以上简要分析可知，欧阳修这首七言古体诗，多层次、多侧面地反复描述"下雪"，但始终不用形容雪花颜色的玉、月、练、白、银、鹅、鹤，不用形容雪花形状的梨、梅、絮，不用形容下雪动态的舞字。作者写雪的飘，用"驱驰风云"来表现；写雪的白，用"炫晃山川"来表现；写雪的厚，用可"寻踪"和"没芒屝"来表现；写下雪天寒冷，用"酒垆成径集瓶罂"来表现，等等。总之，作者主要是以曲笔，通过间接描写、侧面描写来创作这首《雪》诗的，成功避免了陈词滥调，避免使用体物语，而给人耳目一新的感觉。我们再看诗中"沙墀朝贺迷象笏，桑野行歌没芒屝"两句。前一句是虚写的，因为普降瑞雪，大臣上朝庆贺（沙墀即沙堤，是宰相府第门前的道路），怎么会"迷象笏"呢？象笏是朝臣所执的手板，记事备忘用的，以象牙、玉石制作，当然是白色的；而上朝途中大雪飞舞，所以路人就看不清大臣手执的象笏，要"迷"了。后面"桑野"句是实写，芒屝是草鞋，冬天仍然穿草鞋的当然是贫苦的农民了,他们也因为瑞雪丰年而边走边唱,草鞋陷没在厚厚的积雪中。这两句是十分典型的下雪景象的间接描写,精彩得很。

一些最能体现事物特征的词汇,被称作体物语,但体物语用滥了,又走向反面,变为"陈言",而禁体物语则是倒逼诗人创新出奇,别开生面。欧阳修的《雪》诗,就是禁用体物语的范例。

据胡仔《苕溪渔隐丛话前集》卷二十九记载,宋哲宗元祐六年(1091)十一月,苏轼任颍州知州,祷雨而得小雪,与客会饮聚星堂。聚星堂是欧阳修守颍时建的。相同的地方,相似的事件,使苏轼想起四十多年前欧阳修那首禁体物语的《雪》诗,于是约宾客一起效仿欧公作法,"各赋一篇"。苏轼所赋为《聚星堂雪并序》,诗云:

> 窗前暗响鸣枯叶,
> 龙公试手初行雪。
> 映空先集疑有无,
> 作态斜飞正愁绝。
> 众宾起舞风竹乱,
> 老守先醉霜松折。
> 恨无翠袖点横斜,
> 只有微灯照明灭。
> 归来尚喜更鼓永,
> 晨起不待铃索掣。
> 未嫌长夜作衣棱,
> 却怕初阳生眼缬。
> 欲浮大白追余赏,

> 幸有回飙惊落屑。
> 模糊桧顶独多时,
> 历乱瓦沟才一瞥。
> 汝南先贤有故事,
> 醉翁诗话谁续说?
> 当时号令君听取:
> 白战不许持寸铁!

苏轼这首雪诗,同欧公雪诗一样,没有使用与雪相关的体物语,而东坡先生把这种作法比喻为不用任何兵器的徒手搏斗,即"白战",于是此体遂以"白战体"的名称广为流传。

白战体的本质是作诗禁用体物语,所以又称"禁语体"。同许多杂体诗相似,它也是作茧自缚、戴着镣铐跳舞,用苏轼的话说,就是"于艰难中特出奇丽",但它反映了宋代诗人"陈言务去"、创新变革的追求。

现存笔记资料和诗歌作品告诉我们,在宋代,欧阳修之前,已有人尝试写作禁体物语的诗,比如许洞、韩琦等。但是,自觉、明确地禁用体物语,且有作品传世的,始于欧阳修的《雪》,而"白战体"之名则得自苏轼的《聚星堂雪》诗。

篇章类

阶梯诗

三五七言

李 白

秋风清，

秋月明。

落叶聚还散，

寒鸦栖复惊。

相思相见知何日，

此时此夜难为情。

——《李白集校注》，上海古籍出版社，1980 年 7 月版

严羽《沧浪诗话·诗体》中，列有"三五七言"一种。李白这首"秋风清"诗，题目就是《三五七言》。现存古代同类作品，都不叫"阶梯诗"，因为我国古代的书写格式，是从右往左，竖书连写，不断句、没标点的，显示不出阶梯形状，"阶梯诗"是后来的名称。

李白这首诗从内容看，是常见的月夜怀人之作。第一二句布置了秋高气爽、月明风清的大环境。我国古代诗赋文章从宋玉开始，"自古逢秋悲寂寥"（刘禹锡《秋词二首·其一》），而李白又好"举头望明月，低头思故乡"，所以，今人眼里的良辰美景，在李白当时引发的却是伤感。第三四句的景物描写，就透露出个中消息。秋气肃杀，树叶纷纷飘落，入夜，一阵寒风吹过，渐渐铺积的落叶被吹散开来，也惊醒了已经归巢安憩的乌鸦。作者的描写十分准确，与前面"风清月明"的交代完全吻合，因为有风，

但不是狂风，因为有月，并且是明月，所以能看到落叶的"聚还散"；因为是秋天的夜晚，因为有寒风吹过，所以乌鸦会"栖复惊"。作者显然夜不能寐，否则何以细看落叶的聚散，闻听寒鸦的栖惊？那他为什么夜不能寐？这就过渡到第五六句。原来作者正苦苦思念着某一个人，分别已久，重逢无期，黯然销魂，难以为情！

李白这首诗从写法看，是常见的借景抒情之作。作者由落叶的聚散，联想到自己和伊人的会别，由寒鸦的栖惊，联想到自己和伊人的处境，即触景生情；或者，因为自己的相思和孤寂而格外关注落叶聚散与寒鸦栖惊，格外敏感秋的悲凉和月的圆亮，即情往感物；两者都讲得通，总之是情景相生，情景交融。全诗六句三组，正是三个层次，从叙述、描写到抒情，层次之间内在联系紧密。

李白这首诗从体式看，是不常见的，是别具一格的。相对于通篇五言或七言、整齐划一的古体近体诗来说，以三五七言组成一首诗，显得活泼、灵动，而具体安排又有规律，它是两句一组，两句成对（对偶或对仗），并从短到长依次展现，逢双押韵，讲究平仄，这样，就把参差与整齐统一起来了，节奏韵律不同凡响。如果按照现代书写格式抄录，它就排成阶梯形，产生优美的视觉效果。灵动感，参差美，独特的音响效果，这就是"三五七言"体的优长。

根据前人研究的成果可知，隋唐之际的郑世翼是三五七言诗的最早作者，可惜作品失传，李白的这首《三五七言》便名列前茅了。此后，唐朝的刘长卿、权德舆，宋朝的寇准、孔平仲，以及明、清两代的一些诗人，都写过三五七言诗，并且传承中还有变化。比如，权德舆的《赋得风送崔秀才归白田》,全诗八句四韵,在三五七言的基础上中间增加两个六字句;孔平仲的《暮出郡南》,也是八句四韵,在三五七言的基础上开头增加两个三字句。这种体式,显然是受五七言近体诗八句四韵模式的影响,但这样的阶梯诗高低、宽窄规则不一致,其节奏与韵律肯定不如标准的三五七言诗,按现代书写格式抄录,视觉效果也不如三五七言诗美观。

再看明人李梦阳的一首诗:

玉阶风发,
蕙花时歇。
莎鸡夜鸣衰草,
卷帘独望秋月。
黄月没万里之关山,
使妾空老而凋红颜。

这是由四六八言构成的阶梯诗,与三五七言诗同中有异,体现了作者求新求变的努力。但是,我国古代虽有四言诗、六言诗,而发展到后来,五言、七言成为主流,原因是五七言诗比四六言诗节奏感更强,句式变化更多;并且,李梦阳这首诗最后两句转韵,句式也不对称,致使节奏、韵律显得杂散,他的尝试不很成功,所以影响不大,四六八言的阶梯诗在古代仍较少见。

需要说明的是,比三五七言诗出现更早的阶梯诗是一三五七九言诗,也是两句一组,两句成对,从短到长排列,但却不如三五七言诗流行;因为层次增多,而与宝塔诗相近。根据作品出现的时间推测,一字至七字宝塔诗或许受一三五七九言诗的启发。

无独有偶，法国未来派诗人阿波里奈、苏联著名诗人马雅可夫斯基等也写过阶梯诗，因为语言特点、民族文化不一样，国外阶梯诗与我国古代阶梯诗迥然有别，但通过阶梯式的排列，以加强诗的节奏感，显示丰富的情感层次，则是相同的。

我国现当代诗人贺敬之的长诗《放声歌唱》是当代中国式自由体的阶梯诗，下面抄录其中的一小段：

汽笛
　　和牧笛
　　　　合奏着，
　　伴送我
　　　　和列车一起
　　　　　　穿过深山、隧洞；
螺旋桨
　　和白云
　　　　环舞着，
　　伴送我
　　　　和飞机一起
　　　　　　飞上高空。
……我看见
　　星光
　　　　和灯光
　　　　　　联欢在黑夜；
我看见
　　朝霞
　　　　和卷扬机

在装扮着黎明。

　　贺敬之的同类诗作还有《东风万里》《十年颂歌》等。正如周良沛先生在《中国新诗库·贺敬之卷·卷首》中具体分析的那样,贺敬之的上述阶梯诗,既受马雅可夫斯基的影响,更是对我国古代诗词艺术内蕴的继承创新,"这样的诗是我们民族的诗"(《贺敬之诗选》第 14 页)。

宝塔诗

竹

张南史

竹
竹
披山
连谷
出东南
殊草木
叶细枝劲
霜停露宿
成林处处云
抽笋年年玉
天风乍起争韵
池水相涵更绿
却寻庾信小园中
闲对数竿心自足

——《全唐诗》,中华书局,1999年版

中唐诗人张南史在唐代不很著名,却是宝塔诗的首创者。宝塔诗原名"一字至七字诗""一韵至七韵诗",又名"一七令""一七体"。同样因为按照现代书写格式,诗作形同宝塔而改此俗称。

张南史的这首《竹》,开头用两个一字句重复点题,接着两个两字句是远看,"披"与"连"写出了竹子丛生滋长的特点;两个三字句,一句承前,补充交代竹子主要生长在我国东南地方的山谷间,一句启下,点明它不同于一般草本木本植物。两个四字句是近看,竹子枝叶虽细却坚劲,四季常青不凋落,故夏能宿露,秋能停霜。两个五字句,一句仰望,竹子成林可以吸聚水分,竹海之上往往云烟缭绕;一句俯瞰,每年春天,竹子根部都会长出嫩茎,也就是笋,像翠玉似的晶莹琳琅。两个六字句,一句从听觉写,风吹竹林,萧萧作响,这是天籁之声,音韵自然;一句从视觉写,池竹相伴,竹映水面,水润竹根,碧波与翠竹之绿更加鲜艳。从四字句开始,作者由实入虚,虚实结合,既写竹之形,又写竹之神,竹的枝叶、茎笋、色彩,竹的坚韧、潇洒、生机,都写得真实、贴切。魏晋南北朝著名文人庾信,曾撰《小园赋》,其中有"一寸二寸之鱼,三竿两竿之竹"的语句,张南史的《竹》诗最后两个七字句,借此典故,表达了自己的爱竹之情和宁静淡泊之志。

显而易见,张南史的这首《竹》是咏物诗,用的是形神兼备、托物言志的传统写法。在体制格式上,它是从一字句到七字句,两句一层,依次增加字数;以题为韵,偶句押韵,不限平仄,一韵到底;并且大致讲求声律和对仗。这样的体制格式,一方面深受近体律诗的影响,另一方面又是突破通篇五言或七言、整齐划一的模式,努力创新、大胆尝试的成果。从历代作家纷起效仿看,这一成果是得到时人与后人一致首肯的。

唐宪宗元和四年(809),白居易离长安赴洛阳任职,王起、李绅、元稹、张籍、令狐楚等设宴饯行,酒席上众人分题作诗,用的都是"一七体",只是他们的宝塔诗开头只有一个一字句，与张南史略有差异。同时期的诗人严维，则把一字至七字扩展到一字至九字。此后，五代、两宋的作者更有增加到十字乃至十五字的。但是，张南史确立的以题为韵、讲求声律和对偶的基本格式没有变。

对一七体宝塔诗格式的最大突破，是明朝魏云峰的《古松》，它从头到尾都用单句，这样就无从讲究对偶和声律了。但是，现当代诗人看过去，魏云峰的《古松》更像宝塔，也更少束缚，于是效仿之作多用单句的一七体。

鲁迅先生早年留学日本时，写过一首宝塔诗：

兵

成城

大将军

威风凛凛

处处有精神

挺胸肚开步行

说什么自由平等

哨官营官是我本分

当时日本东京有一所成城学校，是晚清留学生学习陆军的预备学校，清朝政府对此控制较严，要经审查批准才能入学，因而保皇派很多。这些保皇派学生以未来军官自居，神气活现地在东京街头到处乱跑，他们虽然嘴上也会说几个"自由""平等"的新名词，内心向往的却是"哨官""营官"的职位，也就是充当清廷的鹰犬、爪牙。鲁迅的这首宝塔诗讽刺和挖苦了这些家伙。

一七体宝塔诗在唐代就已出现几人合写的联句作品，现代著名女作家冰心和著名教育家、清华大学校长梅贻琦也有联句宝塔诗。

冰心的丈夫吴文藻是一位颇有建树的学者,对家务琐事则心不在焉,冰心让他去买糕点"萨琪玛",他到了商店却只记得"马"字;冰心要他去买衣料"泡泡纱",到了布店他说买"羽毛纱";还把丁香花叫成"香丁"花。某天,清华大学校长梅贻琦来做客,冰心就向他"诉苦",并抱怨清华大学怎么会培养出这样的"傻姑爷""书呆子",梅贻琦回答道:这只能怪你眼力不好,因为丈夫是你自己找的。在场的人都哈哈大笑。那首联句宝塔诗就是在这样的场合中口占而成的。

十七字诗

十七字诗
无名氏

老爷坐大堂,
衙役立两旁。
为官清似水——
米汤!

——《诗美·诗品·诗格》,中国广播电视出版社,2005 年版

　　这是古代流传下来的一首十七字诗。据说,某书生因犯禁被拘押至县府大堂,知县官先是声色俱厉地训斥,继而装作怜才惜士,令其当场吟诗一首,诗好则可免罪,书生即以十七字诗讥刺之。

　　诗的前两句写知县表面上的威严,端足架子高坐在审理案件的厅堂,手下差役分列左右两旁。简单平实的两句,却是知县威风立见。第三句乍一看是点赞县官的清正,但一个"似"字暗藏玄机;似,好像,仿佛,不同于"如"。第四句"米汤"两字妙绝,"米汤"者,似水而非水,乃不清之水,浑水是也,为官如米汤,就是个昏庸混浊之官。第三句的伏笔至此揭开底细,"似"字得到照应;第一二句的描述至此完全翻转,成为结尾的反衬,前后对比鲜明;一个外强中干、虚张声势的昏官形象跃然纸上,讽刺意味溢于言表。

　　从上引例诗我们可以知道十七字诗的特点。一是前三句都是五言,第四句却是两字,全诗共十七字,诗体因此

得名。将该体诗作按现当代格式（从左到右，横排，按句分行）书写下来，不像五绝五古那样匀称、平稳，而是不对称、不平衡的，像一个人站立不稳的样子，所以十七字体如今俗称"瘸腿诗""吊脚诗"。

二是第四句也就是末二字最为紧要，是全诗卒章显志之处、画龙点睛之笔，全诗主旨或警意都在此二字，前面的诗句是它的铺垫、映衬、蓄势。

三是十七字诗语言通俗、平易，风格诙谐、幽默，而冷嘲热讽寄寓其中，故这一体诗多为针砭、讥刺之作。

据宋人洪迈《夷坚志》、王辟之《渑水燕谈录》的记载，十七字诗是北宋哲宗元祐、绍圣年间的山东人张寿所作，名噪一时，流布甚广，可惜没有作品抄录、保存下来。明代郎瑛的《七修类稿》和清代褚人获的《坚瓠集》等古籍里见有古人所作的十七字诗，并附相关故事，只是作者无名，而被称为"无赖子""轻薄者"，可知此类事与诗，是被视作逸事趣闻的，这与十七字诗属俳谐体，常常逗人乐、惹人笑有关。

近代学者徐珂编著的《清稗类钞》收录了署名陶铸禹的《嘲世歪》三首十七字诗：

一

狮子大开口，

胡言不怕羞，

一等大滑头，

吹牛！

二

到处乱唱喏,

逢迎太肉麻。

轻轻两手叉,

拍马!

三

遇事善营谋,

削尖和尚头。

运动称老手,

钻狗!

诗中的"唱喏",指一面作揖,一面出声致敬;"两手叉",双手在腹前交叉,是低眉顺眼、听候吩咐的模样;"运动"在这里是为达到某种目的而奔走钻营的意思。陶铸禹的三首十七字诗,把吹嘘撒谎、阿谀奉承、投机钻营之辈的嘴脸刻画得入木三分。

十七字诗短小精悍,灵活生动,问世以来,不论文人雅士还是市民百姓,都很喜爱。当代作家聂绀弩就写过一首题为《三句半》的十七字诗。

聂绀弩把十七字诗称作"三句半",是有道理的,该体的末句仅两字,只能算是半句;并且不止一位学者认为,20世纪六七十年代流行的曲艺形式"三句半",就是十七字诗的现代版。当年,笔者在农村文艺宣传队时,就编演过三句半。就亦庄亦谐、又雅又俗的风格,注重末半句的推敲提炼等,三句半应是从十七字诗演变而来的,但字数不限于十七了。

三句体

大风歌

刘 邦

大风起兮云飞扬,
威加海内兮归故乡,
安得猛士兮守四方?

——《汉书》,乾隆武英殿版

在我国古代,经过长期的实践、比较和探讨,形成的共识是:诗以字数划分,整齐的四言、五言、七言和无规则的杂言为正体,其余二言、三言、六言、八言等等和有规则的杂言为杂体;诗以句数划分,四句的律绝、八句的律诗、十句以上的排律和古风为正体,其余一句、二句、三句、五句、六句、七句等等和另有规则的古诗为杂体。三句体就是按句数划分而被认定的杂体。

《诗经》中,符合后世"杂句体"概念的诗作数量不少,包括三句体,如《采葛》:

彼采葛兮,
一日不见,
如三月兮!

彼采萧兮,
一日不见,
如三秋兮!

> 彼采艾兮,
> 一日不见,
> 如三岁兮!

先秦典籍中还有独立成篇的三句体诗,如孔子临终所唱的《曳杖歌》:"泰山其颓乎?梁木其坏乎?哲人其萎乎!"(《礼记·檀弓下》)三句体诗出现很早,对后世影响较大,比二句、五句等杂句体影响深远。刘邦的《大风歌》是三句体的代表作之一。

据《史记·高祖本记》,刘邦功成名就后,确有还乡之事,《大风歌》即其"还乡曲"。元杂剧作家睢景臣的套曲《高祖还乡》,以漫画式的艺术手法来处理历史题材,借此讽刺了历代封建帝王,首先是针对元朝最高统治者的。刘邦的《大风歌》则是比较真实地反映他自己当时的内心世界的。

首句是写景。风起云涌本喻进展迅猛、声势壮阔,此句或许写实,长风浩荡,云彩飞扬,只是自然景象,却透露出扫平群雄、定于一尊的伟业和驾临天下的八面威风。

次句是叙事。"威加海内"使上句的寓意得到证实,并使"归故乡"的背景得以交代。此行不是一般人的归故里、还家园,而是开国君主大功告成,昭示桑梓、光宗耀祖之举。

第三句议论。史有记载,刘邦自知,领兵打仗不如韩信,出谋划策不如张良,统筹协调不如萧何,他成功的秘诀在于善用人才。如今天下初定,王朝统治尚未稳固,北面又有匈奴之患,怎样才能使汉帝国长治久安呢?刘邦想到了自己的经验:需要众多的猛士良将来拥护和保卫政权。怎样才能招揽这样的英雄豪杰呢?

刘邦是平定淮南王英布之乱后，路过沛县才暂驻鞍马，与父老乡亲聚会宴饮的，也就是说，此行不是事先特意安排的，这就同项羽"富贵不归故乡如同衣锦夜行"的虚荣想法不一样。况且，刘邦在这次平乱中还受了箭伤，所以他在胜利之时仍深刻思考着"安得猛士兮守四方"的问题。楚汉相争，项羽败北，不是天意，实乃人事也。

《大风歌》只有刘邦才写得出，御用文人或者其他诗人没有那样的气魄、思想。赵匡胤《咏月》诗云："未离海底千山黑，才到天中万国明"；朱元璋《客庙》诗云："天为帐幕地为毡，日月星辰伴我眠。夜间不敢长伸腿，恐把山河一脚穿。"这样的诗，别人是模仿不了的。刘邦家乡丰沛古属楚地，《大风歌》每句都有个"兮"字，这是楚歌的标志。全诗三句，皆脱口而出，明白如话，又大气磅礴，声势不凡。给人的感觉，它不是推敲、斟酌的产物，而是当场、即兴的表达，有感而发，兴尽即止，所以，只有三句。

可能是受刘邦《大风歌》的影响，此后汉代宫廷屡次流传三句体诗歌，如汉武帝的《李夫人歌》、赵飞燕的《临风送远歌》，风格与《大风歌》相接近。

早期（先秦两汉）的三句体诗，是根据表情达意的需要，自然产生，随性成体的，多为口头创作。魏晋以后到南北朝，文人模仿，渐渐演变为书面文学，作品如《华山畿》《长佳乐》等。至唐代，各种杂体诗由古入律，三句体也形成了三句格律体。南宋诗人谢翱的《寄邓牧心》就是三句体律诗：

　　杜鹃花开桑叶齐，

　　戴胜芋生药草肥，

　　九锁山人归未归？

谢翱是南宋遗民,早期曾参加文天祥的抗元义军,南宋灭亡后一直隐居不出。本诗描写山野春天的景色,招邀友人前来踏青。戴胜,唐宋风俗,在立春之日,剪彩纸或绸绢作旗幡、蝴蝶等形状,戴在头上或系在花下,以示庆祝。虽已入元,谢翱不改旧俗,可见其志。此类诗的格律另有规则,主要是三句中必有两句平仄相对称,本诗第二句与第三句的偶数字声调都是仄平仄,符合规定。

五句体

曲江三章章五句

杜 甫

曲江萧条秋气高，
菱荷枯折随风涛，
游子空嗟垂二毛。
白石素沙亦相荡，
哀鸿独叫求其曹。

即事非今亦非古，
长歌激越捎林莽，
比屋豪华固难数。
吾人甘作心似灰，
弟侄何伤泪如雨？

自断此生休问天，
杜曲幸有桑麻田，
故将移往南山边。
短衣匹马随李广，
看射猛虎终残年。

——《杜甫诗选注》，人民文学出版社，1979年版

这组联章诗是杜甫困处长安求取功名时期写的。曲江，又名曲江池，故址在今西安市东南，原为汉武帝所建，因池水曲折而得名。唐玄宗开元年间，重新疏凿整修，成为

游览胜地。

杜甫三十五岁来到长安,两次应试均遭失败,再三向达官贵人投递诗文以求引荐,也无结果。天宝十载(751),他向朝廷呈献三大礼赋,仅得待制集贤院候用的"空头支票"。次载(752)秋,杜甫游曲江,触景生情,写下这组五句体联章诗。

首章写景为主。第一句"曲江"交代地点,"秋气"交代季节,"萧条"定下基调。这是本章的总起,下面的景物描写围绕它展开。菱荷、风涛、白石、素沙都是曲江池中固有的景物,菱荷的"枯折",石沙的"相荡"则是秋天特有的景象。前面秋气之"高",说明入秋已深,菱与荷枯萎了,被风吹浪打而折断了;北方的深秋,林寒涧肃,水落石出,故曲江池水位降低,池边石块、泥沙伴随波涛起伏时隐时现——亦即"相荡"。此章的景物描写既是客观的,又是主观的,是经过作者选择的,是抹上作者感情色彩的。尤其是末句的"哀鸿独叫",离群孤飞的大雁,"求其曹"(曹,同类)的啼鸣,呼应着第三句的"游子空嗟",强化了悲秋寂寥的氛围和孤独无依的感受。游子是杜甫自称,哀鸿是作者境遇的象征。当时,杜甫寓居长安已经七载,已过不惑之年,仕途失意,生活穷困,使他早生华发。"二毛",黑白相间的头发。

次章抒情为主。第一句的意思是,我即景抒怀、即事吟诗,诗体既不是今体,也不是古体。这是杜甫对本组五句体诗的"夫子自道",我们后面再论。第二句紧承前一句说,诗体虽然非今非古,却是长歌当哭,声情激越;激越到什么程度?足以动摇林莽草木!捎,摧折。行文至此,突兀插入"比屋豪华"一句，用意何在呢？曲江一带朱门豪宅鳞次栉比，这一派华丽富贵气象，对照着首章衰败凄凉的景物，反衬着作者失意落魄的状况，点明了弟侄伤心流泪的原因，也揭示了杜甫的态度："固难数"，本来数不清，更是不想多看。杜甫的抱负是通过步入仕途而"致君尧舜上，再使风俗淳"，并不在锦衣玉食、养尊处优。他的失意，是因为夙愿难偿，壮志未酬，理想没能实现，所以"甘作心似灰"。虽亦愤激之辞，实乃冷静思考的结果，这一点，弟侄亲友是无法理解的。

末章议论为主。杜甫逐梦长安的天宝年间，唐玄宗沉溺声色，奸相李林甫、杨国忠弄权乱政，黑暗污浊的现实使正直爱国的杜甫看清了自己的命运，用不着再叩问苍天、占卜前程了。既然不能兼济天下，那就独善其身吧。杜甫在杜曲（地名，在长安南）尚有些许田地，他准备移居过去，隐逸终南山下，耕读狩猎度过余生。"休问""幸有""故将"等词语的搭配应用，显示了议论笔法。杜甫本善骑射，最后两句以李广射虎的典故，设想自己未来的生活；但是，"随李广""射猛虎"是何等壮举，以此作结，似有寄托，古人认为"看射猛虎，意在除奸恶，而舒其积愤，又非甘作逸民者"。杜甫的思想是复杂的，退隐是无奈的一种选择，而事实上，杜甫后来虽然长期生活在基层在民间，却又始终关心国家政治、民生疾苦，无论个人穷达，他都要兼善天下。

《曲江三章》是杜甫困守长安、旅食京华十年遭遇和心情的一个缩影，思想性、艺术性都较强。杜甫自称此诗既非今体又非古体，并特意在题目上标明"章五句"，古今多位学者说此体是杜甫的创造。这里需要作点分析。

《诗经·召南·小星》诗凡两章，每章五句。抄录第一章：

> 嘒彼小星，
>
> 三五在东。
>
> 肃肃宵征，
>
> 夙夜在公。
>
> 寔命不同。

西晋傅玄的《美女篇》也是五句诗：

> 美人一何丽，
>
> 颜若芙蓉花。
>
> 一顾乱人国，
>
> 再顾乱人家。
>
> 未乱犹可奈何！

《小星》为四言诗，《美女篇》主要是五言诗，而杜甫《曲江三章》是七言诗。

比杜甫年长十一岁的李白有七言五句体的《荆州歌》：

> 白帝城边足风波，
>
> 瞿塘五月谁敢过？
>
> 荆州麦熟茧成蛾，
>
> 缲丝忆君头绪多。
>
> 布谷飞鸣奈妾何！

《荆州歌》是汉魏乐府旧题，表现闺妇对出门在外夫君的思念。李白采取乐府旧题写成五句体，主旨未变，样式更新。此诗为四句加一句的结构，句句押韵，第一二句与第三四句平仄基本相对，虽不如律、绝那样工整，但大体规范，是五句体格律诗的代表作。从内容看，白帝城、瞿塘峡，山高水险，又兼蚕老麦黄，布谷催种，地域特色鲜明，生活气息浓郁，所以明人杨慎《李诗选》认为："此歌有汉谣之风，唐人诗可入汉魏乐府者太白此首，及张文昌《白鼍谣》、李长吉《邺城谣》三首而止。"李白《荆州歌》乃杂体五句诗，由古入律，仍保持早期三五句体的风格，确实不容易。他人同类作品，格律化之后，虽然精细了，却也古味无几了。

与杜甫《曲江三章》比较，李白的五句体是四加一结构，杜甫是三加二结构，李白是单篇，杜甫是联章。如果从七言、五句、联章这个角度，说杜甫首创，或许是可以的。但是，"说有易，说无难"（赵元任语），古代杂体诗作浩如烟海，笔者所见极其有限，不敢妄断。

促句体

走马川行奉送出师西征
岑 参

君不见,走马川,
雪海边,平沙莽莽黄入天。
轮台九月风夜吼,
一川碎石大如斗,
随风满地石乱走。
匈奴草黄马正肥,
金山西见烟尘飞,
汉家大将西出师。
将军金甲夜不脱,
半夜军行戈相拨,
风头如刀面如割。
马毛带雪汗气蒸,
五花连钱旋作冰,
幕中草檄砚水凝。
虏骑闻之应胆慑,
料知短兵不敢接,
车师西门伫献捷。

——《全唐诗》,中华书局,1999年版

"促"字在这里是急促、紧促的意思;"促句体"是指每句押韵、每三句一换韵的诗体。相对正体诗的双句押韵而言,每句押韵的诗,韵脚就显得紧促;相对四句及四句以上一换韵而言,三句一换韵的诗,转韵就显得急促。

岑参是唐代边塞诗的代表作家,《走马川行奉送出师西征》是岑参诗的代表作品。

唐玄宗天宝十三载(754),岑参出塞,充任安西北庭节度使封常清的判官,这年九月,封常清领兵西征播仙(原名且末,在今新疆且末县一带,地处阳关西去于阗的中途,位置重要,当时被吐蕃占据),岑参写诗送行。

走马川,即左末河(今新疆车尔臣河),是征伐播仙的必经之地。"走马"与"左末"同声,"川"与"河"同义;此类地名属于音译,本无固定之字。雪海,古代泛指西域的戈壁荒漠。"平沙"句描写辽阔的原野上,狂风席卷黄沙,飞扬升腾,遮天蔽日。本诗首三句写出征的路线和环境。

首三句是昼景,次三句则是夜景。黄沙之所以莽莽入天,是因为狂风劲吹;入夜,风越刮越大,以至于山谷里大如斗的碎石被吹得满地滚动,风力之猛由此可知。轮台,地名,在今新疆米泉市,唐时属庭州,隶北庭都护府。诗的前六句,抓住西域地广风烈、飞沙走石的特点,凸显自然环境的恶劣,用以反衬唐军将士的不畏艰险,忠勇敢战。

接着,作者交代此番西征的目的。匈奴,在这里是指代侵扰西部边境的吐蕃。秋季牧草既盛且黄,战马饲料充足,养得膘肥体壮,正是以骑兵为主的游牧部落发动战争的时机。金山,即阿尔泰山(突厥语称"金"为"阿尔泰")。"烟尘飞"说明战争已经发生;唐王朝的守边将士不得不出师迎敌。

下面,诗由插叙西征原因回到出师行军,也可以说由写敌方转到写我方。"将军"句是以点带面,全体官兵身不卸甲,日夜兼程,不唯将军如是。"半夜"句是以微见著,通过兵器间或相碰发出的细小声响,表现大部队衔枚疾走的整肃军容。"风头"句是承上启下,呼应前面的"轮台九月风夜吼",开始了对西北边地温差大、夜晚冷的描写。

因为天寒地冻,长途奔驰的战马流淌的汗水、散发的热气和空中飘落的雪花一起,在马身上很快就结成了薄冰。"五花""连钱"都指马毛的斑斓驳杂;旋,立即。中军帐里,起草声讨敌人的战书,砚水墨汁也冻结了。这三句应该是写到达预定地点后宿营的景象,没有篝火的映照是看不见"汗气蒸"的,不在帐幕帷幄之中也无法"草檄"。除了描写寒冷的天气外,短短三句还包含着许多信息:昼夜奔袭路途遥远;风雪无阻终于抵达;官兵斗志昂扬,正准备翌日的讨伐,一场鏖战即将打响。

最后,诗人用前面的"草檄"引出末尾三句。虏骑,敌军;慑,恐惧;车师,唐安西都护府所在地,今新疆维吾尔自治区吐鲁番市;伫,等待。结尾是虚写、推断:唐王朝边防将士英勇无畏,顶风冒雪千里赴戎机,神兵天降,出其不意,敌人必定丧魂落魄,不敢交锋,我们就等着胜利之师凯旋吧!

岑参这首诗主要截取西征中行军这一段,写烽烟报警,敌骑犯边,形势是严峻的;征途飞沙走石,天寒地冻,环境是严酷的;官兵顶风冒雪,日夜兼程,军容是严整的;连夜起草檄文,准备接战,氛围是严肃的。作者三句一个层次,昼与夜、沙与石、风与雪、敌与我,实与虚,层层转折,使内容更显得紧张、紧急。

需要特别指出的是,本诗采用了促句体,句句都押韵,三句一换韵，形成一种紧锣密鼓、急管繁弦的音响，跌宕起伏、曲折激越的声情，这样的体裁、这样的形式，与诗歌的思想内容完美统一，实现了理想的表达效果。本诗成为岑参诗乃至整个边塞诗的杰作，用促句体是重要因素。

岑参还有一首《轮台歌奉送封大夫出师西征》诗：这首诗与《走马川行》是同一时间、为同一事件、赠同一人物的篇章，《走马川行》主要写行军，《轮台歌》主要写交战，两者可谓姊妹篇，珠联璧合。《轮台歌》也十分注意用韵，除最后四句同押一韵外，其余十四句，都是两句一韵，两句转韵，也是韵位密集，换韵频繁，很好地渲染了紧张惨烈的阵前激战。但是，《轮台歌》不是促句体。促句体必须三句一韵，三句换韵，以韵脚的奇数来打破逢双成对的平衡、和婉，彰显节奏、韵律的紧促急迫。

我国古代诗歌大致分为古体诗和近体诗（格律诗）两大类，《走马川行》的"行"是古体诗的一种。格律诗中的五绝、五律、七绝、七律、排律等，除首句可韵可不韵外，余皆逢双押韵，并且一韵到底，不可换韵。由此可知，格律诗不能采用促句体。古体诗中的五古、七古、四言、六言等，虽然用韵比较自由，包括可以换韵，但是一般来说是逢双押韵的，即不是句句押韵、三句转韵的，因此，促句体是古体诗中的杂体。

促句体并非我国古代才有。陈毅元帅写于1961年10月的《长城词》与古代促句诗颇相似。见《陈毅诗词选集》，人民文学出版社1977年版。全诗三句一节，句句押韵，只是六句转韵，与古代促句诗大同小异。

应字体

送梓州李使君

王　维

万壑树参天，

千山响杜鹃。

山中一夜雨，

树杪百重泉。

汉女输橦布，

巴人讼芋田。

文翁翻教授，

不敢倚先贤。

——《唐宋诗举要》，上海古籍出版社，1978年版

这首五律是王维的著名诗作，自古以来备受好评，但是却很少有人指出它运用了应字体，是律诗中的杂体。

写律诗忌讳犯重，一般要尽量避免重复用字。然而，古代律诗中也有故意重复用字的作品。所谓"应字体"，就是按规则重复用字的体式，其规则是"首联立二字，颔联分应之"（明梁桥《冰川诗式》卷七），即律诗的颔联重复使用首联已经用过的两个字。王维的《送梓州李使君》便是这样，首联用了"树"字和"山"字，颔联又用"山"字和"树"字相呼应。

某些律诗采用应字体，有什么好处呢？我们先来看王维的这首诗。

梓州，唐时隶属剑南道，治所在今四川省三台县。东

汉时称太守为使君，唐之刺史相当于汉之太守，故亦称刺史为使君。李使君，李叔明，先任东川节度使、遂州刺史，后移镇梓州。

诗从李叔明赴任之地梓州的自然景象写起。首联是互文，万壑千山，到处可见参天的大树，到处可闻杜鹃的啼声。壑，山谷；杜鹃，在这里不是花名，是鸟名，一名杜宇，又名子规。古代传说，蜀王望帝让位后隐遁深山，化为杜鹃鸟，至春季而昼夜悲鸣不止。显然，作者描绘的是梓州春色。

颔联写山林春雨。"山中一夜雨"本很平淡，而对以"树杪百重泉"则极奇妙。整整一夜连绵雨，使山间溪深泉涌，诸水交汇奔泻，形成道道瀑布。由于山势高峻，远远望去，那急流飞瀑仿佛悬挂在近处低处的树梢之上，正是奇观妙景。杜甫漂泊西南、旅居成都时，曾写过"好雨知时节，当春乃发生"（《春夜喜雨》）的诗句，春夜下雨，应是蜀地常事。颔联对仗精工，但两句不是雁行并列的，而是鱼贯跟进的，因为"一夜雨"，所以"百重泉"，属对仗中的流水对。

颈联转写梓州民俗。汉女，汉水之滨的妇女；汉水支流之一的玉带河发源于大巴山腹地，整个水系总称汉江。橦布，橦木花织成的布，是梓州特产。芋田，蜀中产芋，当时为主粮之一。老百姓向官府交纳橦布以完税，因山多地少而常为争田打官司。"汉女""巴人""橦布""芋田"等均紧扣梓州地域特点。梓州僻远贫困，而征收赋税、审理诉讼正是州县主官的职责，这就为尾联的劝勉埋下伏笔。

文翁是西汉景帝时的蜀郡太守，据《汉书·循吏传》记载，文翁治蜀，政尚宽闲而注重礼教，他兴办学堂，培育人才，倡导新风，去除陋习，蜀川由是日渐开化。王维希望友人入蜀赴任，不要依赖先贤前任的业绩而无所作为，要以文翁为榜样，恪尽职守，重施教化，使辖区面貌再度更新。阅读至此，可以见得，王维这首送行诗，主旨不在惜别，而在勉励。梓州山水壮丽，民众淳朴，使君为官一任，当造福一方。尾联是篇末点题。

古人对本诗的好评，集中在前四句，有的说三四句"分顶上二语，而一气赴之，尤为龙跳虎卧之笔"；有的说"起四句高调摩云"；有的说前四句"兴来神来，天然入妙，不可凑泊"，等等（《唐宋诗举要》，上海古籍出版社，1978年版，第428—429页）。除了准确抓住和表现富于特色的景物（特定地域、特定季节、特定风光），高度概括与形象描绘相统一，工于发端，起势不凡等因素外，采用应字体也功不可没。颔联对首联"山""树"两字的重复使用，产生了承流接响、前呼后应的效果，前半首臻于一体。本诗四联，实是三个层次，第一至四句写自然风光，第五六句写社会风俗，第七八句写希望勉励；用应字体，更好地体现了作者的构思、意图。律诗的结构布局，讲究起、承、转、合，本诗用应字体，首联与颔联的过渡衔接更加紧密通畅，也使颈联的转折更加自然明显。

毫无疑问，应字体是律诗的杂体，不是普遍采用的体式，要不要用和用了以后效果如何，是必须具体情况具体分析的，切不可一概而论。我们这里只是举例说明典型的应字体，只是强调王维本诗用应字体取得的成功。

古代诗人采用应字体，在创作实践中也有变化，有的不是重复使用相同的两个字，而是重复使用相同的两个词，有的首联不止立两字，颔联也不止应两字。下面我们来看崔颢的名作《黄鹤楼》：

> 昔人已乘黄鹤去，
> 此地空余黄鹤楼。
> 黄鹤一去不复返，
> 白云千载空悠悠。
> 晴川历历汉阳树，
> 芳草萋萋鹦鹉洲。
> 日暮乡关何处是？
> 烟波江上使人愁！

这首七律有没有用应字体呢？饶少平先生《杂体诗歌概论》（中华书局，2009年版）认为"算不上是应字体，因为崔氏只是在头两联重复使用了同一个词'黄鹤'，而不是重复使用了两个相同的字或者两个相同的词"。饶先生此说有误。崔氏《黄鹤楼》的前两联除重复使用"黄鹤"一词外，还重复使用了"去""空"两个相同的字。饶先生既然肯定苏轼《和子由渑池怀旧》（首联立"飞鸿""泥"，颔联以"泥""鸿飞"呼应）是标准的应字体，就不该自相抵牾，否定崔氏此作用了应字体。

古今说诗者对崔颢《黄鹤楼》的众口交誉也主要集中在前四句，称赞它"千古擅名之作，只是以文笔行之，一气转折"，"渺茫无际，高唱入云"（《唐宋诗举要》，上海古籍出版社，1978年版，第547页）；"前四句看似随口说出，一气旋转，顺势而下，绝无半点滞碍"（《唐诗鉴赏辞典》，上海辞书出版社，1983年版，第367页）。这与崔氏此作采用应字体不无关系。

传说李白登黄鹤楼本欲赋诗，因见崔颢此作而心折搁笔，但李白却有两首模拟之诗，一首是《登金陵凤凰台》，首联云："凤凰台上凤凰游，凤去台空江自流。"一首是《鹦鹉洲》，前四句云："鹦鹉东过吴江水，江上洲传鹦鹉名。鹦鹉西飞陇山去，芳洲之树何青青？"《凤凰台》只在首联重复用字，不是应字体。《鹦鹉洲》因其"出韵"而曾被编入七古（应字体是律诗中的杂体），但也有人认为"格律工力"悉逼肖崔颢《黄鹤楼》，"未尝有意学之而自似"（《李白集校注》，上海古籍出版社，1980年版，第1246页）。笔者认为，李白《鹦鹉洲》是有意学崔氏，并采用应字体的。虽然，唐代还没有应字体一说，应字体的理论总结远落后于创作实践。

全对诗

帝京篇十首（其一）

李世民

秦川雄帝宅,

函谷壮皇居。

绮殿千寻起,

离宫百雉馀。

连甍遥接汉,

飞观迥凌虚。

云日隐层阙,

风烟出绮疏。

——《全唐诗》，中华书局，1999年版

唐太宗李世民的这一首五言诗，是一首全对格律诗。

五律和七律，除每句字数不同外，共同的规则是：每篇一般为八句，偶句末字押平声韵，首句末字可押可不押，必须一韵到底；句内和句间要讲平仄，中间四句要用对仗，这是律诗的常规，也即正体。宽容一点，前三联对仗也是允许的。而如果从头至尾全部对仗，就是律诗的杂体了。

李世民乃一代明君，他不仅武功显赫，开创了大唐基业，在文治方面也卓具建树，包括其本人的诗歌创作。他的这首杂体五律，首联起势不凡。唐王朝建都长安，八百里秦川和险要的函谷关，即周围的平原山河，衬托出"帝宅""皇居"的雄伟壮丽。首联总写京城，颔联接写宫殿。寻，古代长度单位，八尺为寻；雉，古代计算城墙面积的单位,长三丈、高一丈为一雉;离宫,皇帝正宫以外的临时居住的宫室。作者主要用数量词来形容宫殿的高大。甍,屋脊。颈联主要以夸张手法来突出宫殿之高大,宫殿连绵不断的楼台檐脊几乎要耸入云霄。尾联仍运用夸张手法,说皇宫居宅隐天蔽日,云蒸霞蔚。"绮疏",本指窗户上的镂空花纹,也指镂花的窗格,这里借局部代整体,指整个皇家宫殿。

作为《帝京篇》十首的开篇,本诗描绘了皇宫的雄伟高大、富丽堂皇,写得很有气势,透露出贞观之治的盛世气象。

律诗之律,主要是字句、对仗、平仄方面的规定,一首诗三律皆合,便是正体。近体诗的这些规定,是诗人探索的结果,是诗歌创作的结晶,是体现一定的审美规律的。就对仗而言,中间两联偶对,首尾两联奇散,这样的整散奇偶结合,使整齐美中包含参差美,收变化、灵动之效,而免单调、呆板之弊。反之,从头至尾四联都对仗,容易失于板滞。一般认为,五言律诗起源于齐梁的"永明体",而定型于初唐的沈佺期、宋之问。在律诗格律最终完成之前的各种尝试,后来不少成为律诗中的杂体。唐太宗的《帝京篇十首(其一)》也是五律定型前的尝试,五律定型后的杂体。

至于七律和排律,是到杜甫手里才定型、成熟的。清钱木庵《唐音审本》云:"五言长韵、七言四韵律诗,断以少陵为宗。"杜甫的七律和五言排律是律诗的正宗、典范。但是,另一方面,杜甫的七律又多杂体。正如南宋严羽《沧浪诗话》所指出的"有律诗彻首尾对者,少陵多此体"。我们来看老杜名篇《登高》：

> 风急天高猿啸哀，
> 渚清沙白鸟飞回。
> 无边落木萧萧下，
> 不尽长江滚滚来。
> 万里悲秋常作客，
> 百年多病独登台。
> 艰难苦恨繁霜鬓，
> 潦倒新停浊酒杯。

这首诗是杜甫大历三年（768）秋天在夔州写的。作者通过萧瑟苍凉的山川景物，通过自己支离漂泊、穷困潦倒的处境，抒发了忧国伤时的感愤之情。杨伦《杜诗镜铨》评曰："高浑一气，古今独步，当为杜集七言律诗第一。"胡应麟《诗薮》更誉为"旷代之作"，推为古今七律之冠。然而，它却不是正宗、规范的七律，而是全对格的杂体。

老杜此诗四联八句全部对仗，但章法、句型变化多端。首联相对而言是写近景，写眼前实景，第一句仰望，第二句俯视，皆为紧缩的承接复句，描写了地处三峡的夔州有特点的六种景物，意象集聚，密不透风。且不仅上句下句对仗，还有句中对："风急"对"天高"，"渚清"对"沙白"。颔联推而广之写远景，"无边""不尽"则实中有虚。两句只写落木、长江两种景物，采用的是带定语和状语的主谓结构单句，可谓"疏可跑马"。这样，前四句写景，视角之高下，视线之远近，景物之多少，句式之单复，画面之疏密，相互辉映。

颈联开始，转为抒情。"万里"句从空间角度写自己的颠沛流离：公元759年，杜甫贬官华州，旋即弃官，客秦州，经同谷，至成都居约五年，其间避乱流离梓州、阆州一年。好友严武病死后，由成都到云安，又从云安到夔州，八九年里到处奔波，辗转羁旅。"百年"句从时间角度落笔，这里特指晚年，时杜甫患肺病，年老体弱；根据作者写于同时的《九日》"抱病起登江上台"句可知，本诗"独登台"乃是写实。颈联两句一概括一具体，在叙事中表达出复杂、沉重的悲痛心情，而语法成分的省略，使诗句显得简练、疏朗，可谓辞约义丰。

尾联的"艰难苦恨"极为紧要，它不仅概括自身遭遇，更概括当时社会现实，点明了"悲秋""多病""潦倒""常作客""繁霜鬓"等的根源。杜甫好饮，而此时因病戒酒，故曰"新停浊酒杯"。时世艰难，生活艰辛，离乡背井，居无定所，风烛残年，岁晚江空，诸般愁绪交织袭来，不能借酒排遣，而以诗发抒，一吐为快！萧涤非先生指出："末二句用当句对法，艰难对苦恨，潦倒对新停。"（《杜甫诗选注》，人民文学出版社，1979年版，第302页）如此则尾联也不仅两句对仗，而且各句都有当句对法。

古人评杜甫此诗"高浑一气"，"一气喷薄而出"（《唐宋诗举要》，上海古籍出版社，1978年版，第591页），这一方面因为作者忧国伤时的悲愤之情在诗中一以贯之，另一方面是谋篇布局，注重意脉的接续连贯。首句"风急"二字领起下文，猿哀、鸟回、落木萧萧、长江滚滚，皆从此生出。前两联描写秋景，第三联则点出一个"秋"字，且"万里""百年"又与颔联的"无边""不尽"相呼应，作者的悲情恰似落叶与江水，茫无边际，奔流不息。尾联也分承五六两句,因悲而头发白,因病而停酒杯。这样的组织安排,使各联之间,既转换变化,又呼应连接。总之,感情充沛,意脉连贯,加上章法多变,句型多样,就完全避免了八句全对可能造成的板滞、单调。

杜甫晚年多全对格的律诗,如《阁夜》《九日》《冬至》等,均为上乘之作。老杜乃诗圣,笔力扛鼎,自能出神入化,游刃有余,一般的作者还是少写全对诗为好。

当代著名诗人舒贵生的《铁岭新城八景·梭塔凌霄》是现今比较少见的全对格律诗,经其同意,摘抄如下,与读者分享:

> 新城人种玉,
> 铁岭地生金。
> 一水流清韵,
> 四桥写壮心。
> 鼎台辉日月,
> 塔笔绘风云。
> 梭织凡河锦,
> 琴鸣天籁音。

散律诗

夜泊牛渚怀古

李 白

牛渚西江夜,
青天无片云。
登舟望秋月,
空忆谢将军。
余亦能高咏,
斯人不可闻。
明朝挂帆席,
枫叶落纷纷。

——《李白集校注》,上海古籍出版社,1980年版

我国古代近体诗的格律,大致包括句数、字数、用韵、对仗、平仄五个方面的规定。所谓散律诗,是指在句、字、声、韵方面都符合规定,但通篇不对仗的诗,它与全对格正好相反,也属于律诗中的杂体。

李白的《夜泊牛渚怀古》就是一首典型的散律诗。作为五律,它全诗八句,每句五字;偶句押韵(五律以首句不入韵为正格),一韵到底,没有换韵,押平声韵,并且押韵书中同一韵部的字(没有邻韵通押)。它的平仄声调如下:

平仄平平仄,第一个字可平可仄。

对

平平平仄平,第三个字可宽容。

粘

　　平平仄平仄，本句"拗救"，"秋"字拗，以"望"字救。

对

　　仄仄仄平平。

粘

　　平仄平平仄，第一字可平可仄。

对

　　平平仄仄平。

粘

　　平平仄平仄，"帆"字拗，以"挂"字救。

对

　　平仄仄平平。第一个字可平可仄。

总之，《夜泊牛渚怀古》在句、字、声、韵方面遵循了五律的要求，但在对仗方面则不合格。首联上句是两个定语（牛渚、西江）和中心词"夜"组成的偏正结构，下句则是主谓宾结构。颔联上句是个连动式（登舟、望月），下句只有一个动宾结构。颈联两句虽然都是主谓结构，但次要语法成分（状语、定语）的有无和位置不相称。尾联上句无主语，时间名词"明朝"作状语，后面紧接动宾（挂、帆席），下句有主语，只带一个动词"落"，而状语"纷纷"后置。也就是说，李白这首五言诗的四联，每联的上下两句，句型都不一致，并由此造成许多对应的字，词性不同，特别是中间两联的不对仗，决定了它不是一首正宗的、规范的五律，而是五律中的杂体。王琦《李太白文集辑注》引赵宧光曰："律不取对，如李白'牛渚西江夜'云云，孟浩然'挂席东南望'云云，二诗无一句属对，而调则无一字

篇章类 | 八九

不律。故调律则律,属对非律也……如必取对,则六朝全对者,正自多也,何不即呼律诗乎?"(《李白集校注》,上海古籍出版社,1980年版,第1316页)也就是说,平仄声调的合律比对仗更重要。这应该是古人的基本共识。

古今治诗的学者,大多认可李白《夜泊牛渚怀古》是近体诗,是五律诗,并且评价极高。严羽《沧浪诗话》赞其"文从字顺,音韵铿锵";王士禛《带经堂诗话》称其"诗至此,色相俱空,正如羚羊挂角,无迹可求,画家所谓逸品是也。"下面我们来体会这首杂体为什么是逸品(逸,超过一般)。

牛渚山在安徽当涂西北紧靠长江之处,那一段长江古代叫西江。诗的首句交代地点、时间;这是扣题落笔,开门见山。次句写夜景,碧空万里,天无纤云;因为是夜里,在江上,看不清多少周围景物,而青天一顶,赫然在望。这两句简直算不得"描写",却展示了浩渺寥廓、水天苍茫的广阔画面。秋高气爽的夜晚,"长烟一空"必定"皓月千里",而月明则星稀,月色的明亮皎洁,月光的夺人眼球,不言而喻。诗的第三句呼应诗题的"泊"(停船),承接第二句的"天""云",写登舟望月,真是再自然不过的了,并且对前两句来说是重要的补充,也就是说,第三句照顾到了首联,又推进到了新的层次。据《晋书·文苑传》记载,东晋左卫将军谢尚镇守牛渚期间,曾秋夜乘月,微服泛江,听到运租船上的袁宏在朗诵他自己写的咏史诗,谢尚"驻听久之",十分赞赏,便邀请袁宏过船,"与之谈论,申旦不寐",袁宏因此声誉鹊起。这是一段著名佳话,现在李白到了谢尚闻袁宏咏史处,当然会想起这一史实。而"空忆"的空字,又开启了下文。

李白一向自许甚高，他胸怀远大的政治抱负，渴望为国家为苍生建功立业，诗歌创作更取得杰出的成就，但终其一生，都没得到朝廷重用。在夜泊牛渚怀古之际，李白深深地慨叹没有像谢尚那样的高层领导来赏识和推举自己，怀古只是"空忆"而已。尾联虚写，是作者的设想，明天就要乘船离开这里，一路上将是纷纷飘落的枫叶。最后一句因情造景，但也是秋季常见之景，用以渲染秋风萧瑟、万木凋零的凄凉氛围，象征自己黯淡的前程。

李白这首诗语句朴素平实，通俗易懂，没有古诗常见的省略、跳脱、倒装，仿佛说话般地脱口而出，但却符合五律的平仄要求，这就是严羽所谓的"文从字顺，音韵铿锵"。作者写青天、秋月、枫叶等景物，不刻意描绘、形容，纯是直白的叙述；诗里景物稀疏，枫叶还是虚的；怀古只有一句，仅点出"谢将军"之称呼，点到即止，涉及文笔稍多的是作者自己。总之，全诗人、事、景、物都很少，都没有用浓墨重彩，这就是王士祯所谓的"色相俱空"。

需要指出的是，李白此诗并非无所作为，他把叙事、写景、怀古、抒情巧妙地融为一体，句与句、联与联之间的接续、转换紧密、通畅，而夜与朝，舟与帆，泊与去，前后照应；自己的失意与袁宏的得意，"青天无片云"的乐景与"枫叶落纷纷"的哀景，强烈对比，充分地表达了世无知音、怀才不遇的处境和心情。极佳的写作效果，却似乎信手挥毫，顺其自然罢了。这就是所谓的"羚羊挂角，无迹可求"。古书记述，羚羊夜宿，以角挂树，足不着地，泯灭踪迹来防祸害，古人以此借喻诗歌文笔、意境的超脱。

还须指出的是，《夜泊牛渚怀古》的自然、超脱，同它八句均不对仗不无关系，盖讲究对仗，可能会留下斧凿之痕。当然，对仗精工而浑然天成的正体格律诗在我国古代不胜枚举，这是众所周知的。

盛唐写散律诗成功并著名的诗人主要是孟浩然和李白，他俩是诗坛巨匠，自能操斧雕花，举重若轻。唐以后，历代都有散体律诗传世，有五律、七律，甚至还有排律，但与正体律诗的数量相比，不啻霄壤云泥。诗歌道行不深的一般作者，还是写正体律诗为好。

四时诗

神情诗
顾恺之

春水满四泽,
夏云多奇峰。
秋月扬明辉,
冬岭秀寒松。

——《古今诗删》,文渊阁《四库全书》本

四时诗属于古代杂体诗中的杂数诗。杂数诗包括四时、四色、五噫、五更、六甲、六府、八音、十索、十二月、百年等许多种。

四色诗或每首四句,每句各咏一种色彩;或一组四首,每首各咏一种色彩。五更诗一组五首,依次分咏夜晚一更至五更的情事。六府诗以金、木、水、火、土、谷(五行加一谷)六字分别冠于两个诗句之首,全诗十二句。八音诗以金、石、丝、竹、匏、土、革、木(古代所谓八音)八字作为单句之首,每诗十六句。十二月诗按正月至十二月的次序,逐月描述历象、景物或人事。百年诗又称百年歌,铺叙人生百年历程,以十岁为一首。

总之,杂数诗无非两大类,一类近于嵌字,一类实乃组诗,以上列举各种,大同小异,所以这里只选析四时诗,读者自可窥一斑而见全豹。

本诗作者顾恺之,也有说是陶渊明的。顾恺之(348—409),字长康,无锡人,东晋杰出的画家,也擅诗赋。东晋偏安江左，无锡本在苏南，顾恺之的这首四时诗描写的是江南四季景物。

江南多水，春天尤多雨水，并且河流小、湖泊浅，一旦阴雨连绵，往往"水满四泽"。"骏马秋风蓟北，杏花春雨江南"是古人对大江南北自然环境的高度概括，说春季，写雨水，是准确的选择。没有直接写下雨，但从"水满"可以推知、想见。

盛夏季节，西北冷锋云团与东南暖湿气流南下北上，常在江南上空遭遇交汇，形成雷雨、阵雨，今日所谓"强对流天气"。届时，天空骤然变脸，风起云涌，正似杜甫《可叹》诗描写的那样："天上浮云如白衣，斯须变幻如苍狗。"白云苍狗之间，固多奇山异峰的状态。

及至秋季，江南潮湿之气渐散，白昼或许"秋老虎"尚逞余威，夜晚便是清凉世界。当夜幕降临，青天一顶，月出东山，徘徊牛斗，九州千里共婵娟，明辉普照。置身其中，内外澄澈，令人心情舒畅。

冬天的江南也是冷的。子曰："岁寒，然后知松柏之后凋。"虽林寒涧肃，落叶纷纷，但是苍松翠柏依旧挺立山丘，一片片绿色孕育着新的生机和春意。

顾恺之凭借画家独到的眼光，抓住江南四季特有的景象，用诗句描绘了四幅风景画，笔墨简洁，画面疏朗，主题集中，各自季节特色鲜明，合在一起则地域特色突出，确是一首优秀的四时诗。此诗以"神情"标题。作者认为水乃春之魂，云乃夏之神，月是秋之华，松是冬之秀，水、云、月、松就是春夏秋冬的神情。顾恺之绘画追求传神，这首四时诗也体现了他的艺术主张。

四时诗的起源是《礼记·月令》《诗经·七月》，顾恺之的《神情诗》是较早的作品，至宋齐梁陈时期，四时诗大量涌现，下面是南朝乐府《子夜四时歌》中的一组：

> 春林花多媚，
> 春鸟意多哀。
> 春风复多情，
> 吹我罗裳开。
>
> 暑盛静无风，
> 夏云薄暮起。
> 携手密叶下，
> 浮瓜沉朱李。
>
> 秋风入窗里，
> 罗帐起飘扬。
> 仰头看明月，
> 寄情千里光。
>
> 冬林叶落尽，
> 逢春已复曜。
> 葵藿生谷底，
> 倾心不蒙照。

这组四时诗也按季节依次铺叙景物，春歌侧重鸟语花香，夏歌侧重浮瓜沉李，秋歌侧重月亮，冬歌侧重葵藿，而"林"与"风"虽被反复描写，但春林的明媚，夏林的浓郁，与冬林的"叶落尽"，春风的温暖，夏风的闷热，与秋风的凉爽，同一景物的变化也显示出季节的转换。值得注意的是，组诗中始终有一个"我"存在，春歌末句"吹我罗裳开"是登台亮相，夏歌"携手密叶下"、秋歌"仰头看明月"是主语的省略，属于"承前省"。冬歌比较隐约，可是那"倾心不蒙照"的葵藿，肯定是借喻歌者自己的。正因为此，这组四时诗的抒情性比顾恺之的《神情诗》要强烈。抒的是什么情呢？古代民歌永恒的主题之一：爱情。春歌写芳心萌动，夏歌写恋人密约，秋歌写两地相思，冬歌埋怨对方的负心。这组四时诗，随着篇幅加长，字数增多，内容也丰富了，感情也复杂了。

顾恺之《神情诗》是一首合咏四季，各句冠四季名称，近于嵌字诗，当然又不同于嵌字诗，它要依次铺陈相应景物。《子夜四时歌》是四首分咏四季，属于联章组诗。两者正好代表了古代杂体四时诗的两种类型。

> 五杂俎

五杂俎
权德舆

五杂俎,旗亭客。
往复还,城南陌。
不得已,天涯谪。

——《全唐诗》,中华书局,1999年版

严羽论列诗之杂体时,将五杂俎排在第三位。俎,古代祭祀时盛放祭品的器具;杂俎,牛羊肉、菜蔬果等杂陈于俎;五杂俎,因此体每篇首句必是"五杂俎"三字而得名。

古代三言体诗歌产生的年代可追溯至先秦,《尚书》里的《赓歌》和《诗经》里的《江有汜》就是三言诗。到汉代,三言诗兴盛起来,如乐府诗出自御用文人之手的《郊祀歌》中的《天马歌》《赤雁歌》等八章是三言体,还有不少民间歌谣也是三言体。

东汉顺帝年间,外戚大将军梁冀把持朝政,骄横跋扈,胡作非为,在顺帝死后由谁继位一事上,太尉李固与梁冀意见不合,结果李固被囚毙于监狱,并曝尸于街道,而投机取巧、见风使舵的胡广等人却升官晋爵,于是京都有童谣曰"直如弦,死道边。曲如钩,反封侯",尖锐抨击了当时政治的腐败。东汉桓帝、灵帝时有童谣曰:"举秀才,不知书。举孝廉,父别居。寒素清白浊如泥,高第良将怯如黾(mǐn,蛙类动物)",揭露讽刺了东汉后期的官吏选拔制度,而前半首是三言体。再如《汉书·韩信传》所引当时民谣:"狡兔死,走狗烹;飞鸟尽,良弓藏;敌国破,谋臣亡。"以上三首民间歌谣,运用比喻、对照,辛辣犀利,又短小精悍,一针见血,且都比较质朴,反映了两汉时期民间三言诗的水平。

从现存古代作品可知,五杂俎的体制是每首三言六句,以"五杂俎"开篇,第三、第五句也大同小异,它是古代三言诗的一种。目前我们能看到的最早的古五杂俎是这样一首:

五杂俎,冈头草。
往复还,车马道。
不获已,人将老。

严羽《沧浪诗话》自注"五杂俎"云:"见乐府。"虽然宋人郭茂倩所编《乐府诗集》不见五杂俎之诗,但从古五杂俎的纯用口语,节奏明快,简短易记等特点看,当与前文列举的两汉民间三言体歌谣属同类作品。汉乐府中,除少量文人诗外,大部分是搜集的稍作加工的民间歌谣,一些没被采集未加整理的民歌,也有人称为乐府,故严羽注"见乐府"不为大错。汉以后文人模仿的五杂俎都保留了那种民谣风味。

权德舆(761—818),字载之,唐代诗人、散文家,有《权文公集》五十卷,《全唐诗》存其诗十卷。下面来读他拟作的《五杂俎》。

旗亭,这里指酒楼,因悬旗作酒招(卖酒的招牌),故称。陌,这里指城内街道。黄侃《论学杂著·蕲春语》:"市间大道,亦谓之陌;《乐府》有《南陌》,洛阳有'铜驼陌',是也。"辛弃疾《永遇乐·京口北固亭怀古》词云"斜阳草树,寻常巷陌，人道寄奴曾住"，即以巷陌指街巷。天涯，指岭南，白居易《得潮州杨相公继之书并诗以此寄之》诗云："诗情书意两殷勤，来自天南瘴海滨。"唐宋官员遭贬谪，多发配岭南等所谓瘴疠之地。

唐薛用弱撰《集异记》，记载了王之涣、王昌龄、高适"旗亭画壁"的佳话，当时已盛传文坛。"二王一高"乃盛唐诗人，是权德舆的前辈，若"画壁"确有其事，则权作《五杂俎》之际当有所闻，很可能用此典故，那么诗中的"旗亭客"，就不仅仅只是一个酒徒，应也是一位诗人，从末尾"谪"字可知，这位酒楼常客还是一员京官。唐代长安城，北面是皇宫，南面是集市，"往复还，城南陌"是说这旗亭客闲暇时经常到集市逛街饮酒，或走亲访友，自然包括拜访作者，而经常往复，也说明关系密切，友情深厚，最后两句陡然一转：而今此人已远谪岭南，不知何日可复相逢，真是无可奈何啊！

权德舆曾三知贡举（三次主持科举考试），又好奖掖后进，交游广泛，其门生故吏满天下，朋友知己亦不少，这首《五杂俎》当为慨叹思念友人被远谪荒僻之处而作。权德舆总体上仕途顺利，累官至同中书门下平章事（宰相），但不久即罢相，出为东都留守，又出任山南西道节度使（管辖今陕西汉中、四川东部、重庆西部等地区），并于两年后去世。在叹惜友人被贬的《五杂俎》中，或许也寄寓着作者自己宦海沉浮的感慨啊！

权德舆自幼聪明好学，四岁即能赋诗，诗作古近体兼备，尤工古调乐府，诗风平淡而深永。值得一提的是，权德舆写过三妇艳、六府诗、人名诗、州名诗、大言诗、小言诗、安语诗、危语诗等多种杂体诗，包括这首五杂俎。

五杂俎三言六句是固定的，第一、三、五句也是固定的，采用此体者，只有第二、四、六三句九字的创作余地，不容易写好。权德舆通过转折（前四句与后两句），对比（京城与岭南、近与远）手法，以朴素平实的语句表达了深沉隽永的感情，辞浅意真，与其诗的主导风格、与五杂俎的民歌风味相一致，取得了艺术上的成功。

两头纤纤

两头纤纤（选一）
孔平仲

两头纤纤柳叶书，

半白半黑鹭间乌。

膈膈膊膊失水鱼，

磊磊落落大丈夫。

——《全宋诗》，北京大学出版社，1995年版

严羽论列诗之杂体时，把两头纤纤摆在五杂俎之后，排第四位。初唐欧阳询等人编撰的《艺文类聚》，是我国古代第一部集中选录杂体诗的著作，其中就收有《两头纤纤》和《五杂俎》；晚唐皮日休的《杂体诗序》是我国古代第一次确立杂体诗概念的论文，所涉及的杂体诗名称中也有"两头纤纤"和"五杂俎"；可见，这是两种出现较早、流布较广、众所公认的杂体诗。

七言四句的两头纤纤何以谓之杂体呢？先来看孔平仲的这首代表作。

"柳叶书"是古代书法之一体，以其笔画像柳树叶子而得名，传为元僧明本禅师首创。第一句诗写柳叶书的形状。第二句诗写鹭和乌的色彩。鹭以羽毛白色的最为常见，乌鸦则全身羽毛皆黑，鹭鸦共处相间，当然半白半黑。"膈（gé）膈膊（bó）膊"是象声词，这里模拟失水之鱼挣扎跳动的音响。磊磊落落，人的心地襟怀正大光明，这是大丈夫（指有志气有作为的男子）的品德。孔平仲此首两头纤纤诗，

四句分咏四物,且四物之间了无关联。

如果我们纵观通览现存古代两头纤纤的诗作,就可以知道,这一杂体是有固定模式的:除四个七言句分咏四物外,还须从不同角度描写对象,第一句从形状,第二句从颜色,第三句从声音,第四句从神态;而描写形状、颜色、声音、神态的语词"两头纤纤""半白半黑""膈膈膊膊""磊磊落落"也是固定不变的;当然,形、色、声、神的次序同样不可更改;最后,四句诗句句都要押韵,押同部或相邻之韵。

我们来看现存最早的一首两头纤纤:

> 两头纤纤月初生,
> 半白半黑眼中睛。
> 膈膈膊膊鸡初鸣,
> 磊磊落落向曙星。

初生的弯月是两头尖的,人的眼睛有眼白眼黑,雄鸡报晓时,常先拍拍翅膀振作一下,而拂晓的晨星格外明亮。再看同是孔平仲写的另一首两头纤纤:

> 两头纤纤织妇梭,
> 半白半黑雪没靴。
> 膈膈膊膊鼓腹歌,
> 磊磊落落金印多。

织布梭子两头尖,靴陷雪地黑白间,吃饱饭拍肚皮会发出声响,黄金制作的印章闪光发亮。总之,两头纤纤是有固定模式的特殊的古代咏物诗体,与一般咏物诗不同,故谓"杂",拟作者众,故成"体"。

与五杂俎一样,严羽《沧浪诗话》自注两头纤纤"亦见乐府",但郭茂倩《乐府诗集》未载两头纤纤诗。然而,说两头纤纤源出乐府古诗,则大致不错。汉武帝独尊儒术,以民歌为主的《诗》被抬高至"经"的地位;汉王朝设置乐府机关,注重搜集各地民歌,与推崇《诗经》有关系。两头纤纤中固定不变的语词"两头纤纤""半白半黑""腷腷膊膊""磊磊落落"显然是口头语言;仔细阅读可知,此体每句七言实为前四后三两部分,前四字描摹事物特征,后三字点出事物名称,即前后词语互为注脚,这是典型的民歌手法。"上句述一语,下句释其义"的方式为民歌所常用(见本书"风人体"),只是在两头纤纤里,合并两句为一句,事物特征与名称直接联系、同时出现,这又与汉代民谣"一句体"十分接近。一句体诗又称"独歌",是早期比较原始的诗歌样式,如秦代的"阿房阿房亡始皇"(《述异记》载),汉代的"焦头烂额为上客"(《汉书·霍光传》引)等,都是有感而发,言出意尽,一句即止,而一句之内,前后部分互为注脚。此类民间诗歌先秦数量不多,或许未得保存,两汉则一度流行。通过以上分析和比较,两头纤纤这一杂体来自民歌应该没有疑问。

孔平仲的两头纤纤原本一组五首,我们只介绍了两首。孔平仲(1044—1111),字毅父,临江新淦(今江西新干)人,宋英宗治平二年(1065)进士,官至户部郎中,因"坐元祐党籍"(附和元祐旧党)而一再遭到贬谪。孔平仲与其二兄文仲、武仲号称"清江三孔",有盛名于时,一度"三孔""二苏"(苏轼、苏辙)并称,而"三孔"中平仲的诗歌成就超过了他的两位兄长。

孔平仲是宋代写作杂体诗种类数量较多的诗人,他曾将自己所作的人名、药名、回文、集句之类的杂体诗专门编为一卷（后世传本分为三卷），题曰《诗戏》，就是"以诗为戏"的意思。一方面视杂体诗为"文字游戏"，一方面又乐此不疲，编集刊行。孔平仲的态度在宋代是很有代表性的。

杂体诗集中产生于魏晋六朝，中晚唐诗人偶亦为之，到两宋则兴盛起来。一是宋诗主变，在唐诗高峰之后，诗道近乎穷，宋人穷则思变，另辟蹊径，包括开拓杂体诗的园地；二是宋人饱学，诗家多为学者，故好以学问为诗、以文字为诗，而杂体的多数类别虽源自民歌，到文人手里则往往取材于书本，炫耀腹笥；三是宋代的诗学观念发生了改变，诗歌的娱乐功能得到普遍承认和充分肯定，宋人并不讳言"文字游戏"。种种原因，使两宋成为继六朝之后杂体诗发展的又一黄金时代。孔平仲可谓宋代杂体诗的著名作家，本书后面还将选析他这方面的作品。

四声诗

苦雨中又作四声诗寄鲁望（其一）
皮日休

涔涔将经旬,
昏昏空迷天。
鸺鹠成群嬉,
芙蓉相偎眠。
鱼通蓑衣城,
帆过菱花田。
秋收吾无望,
悲之真徒然。

——《全唐诗》,中华书局,1999年版

众所共知,汉字由音、形、义构成,而字音又由声、韵、调组成。这里声母、韵母因不涉及,撇开不谈,主要讲声调。

汉语语音发展的历史,大致可以分为上古、中古、近古和现代四个时期。上古音指先秦两汉的语音,中古音指六朝到唐宋的语音,近古音指元明清的语音,现代音则以现代普通话为代表。汉语"四声"说和四声诗的出现都在中古时期。

汉语的声调是客观存在的,但直到南朝齐武帝永明年间,文人学者才对当时语音的声调（平、上、去、入）有清楚的理性的认识,并且写成专著分析论述,比如沈约所撰的《四声谱》。沈约等人在提出"四声"说的同时,又提出"八病"说，把语音与诗文用字联系起来，要求"宫羽相变，低昂互节。若前有浮声，则后须切响。一简之内，音韵尽殊；两句之中，轻重悉异"（《宋书·谢灵运传论》），即要求诗文用字必须注意声、韵、调，既富于变化，又搭配和谐，造成动听悦耳的效果，而力避重复单调。在沈约、谢朓、王融的倡导下，响应日众，流风广被，逐渐成"永明"一体，为后来的近体诗奠定重要基础。

近体诗关于平仄声调的格律在初盛唐之交定型，从此大行其道，沿用千数百年，乃至今天爱写旧体诗的作者仍循其制。在这过程中，也有诗人反其道而行之，故意突破平仄相间的规则，写出全平句或者全仄句，直到写出平声诗、仄声诗（包括上声诗、去声诗、入声诗等），追求另一类的诗歌音乐效果。开创者，是晚唐的陆龟蒙、皮日休。

全平句、全仄句，皮陆之前已大量涌现，平声诗、仄声诗的创作则起自陆龟蒙。陆有组诗《夏日闲居作四声诗寄袭美》（袭美是皮日休的字），第一首五言八句四十字都是平声字；第二首奇句用平声字，偶句用上声字；第三首奇句还用平声字，偶句用去声字；第四首奇句仍用平声字，偶句用入声字，也就是说，后三首是平声句与仄声句奇偶相间构成，尚未有全诗皆用仄声字的，但却开宋以后全仄诗的先河。

皮日休读过陆龟蒙的夏日闲居四声诗，马上写了《奉酬鲁望夏日四声四首》（鲁望是陆龟蒙的字），用字的声调格式全同陆的原唱，即四首分别为全平声、平上声、平去声、平入声。两人的唱和最先叫响了"四声诗"的名称。

本篇所选例诗"苦雨（其一）"是皮日休奉酬陆诗之

后又写的。

涔，雨水；涔涔，形容雨水不断。首联写淫雨连绵下了十多日，天气依然阴沉沉的，说明雨暂时还不会停。鸬鹚，一种水鸟，善于潜泳捕鱼，我国南方常饲养鸬鹚来帮助捕鱼；芙蓉，指荷花；菱，一年生草本植物，长在池沼中，根扎在泥里，叶浮在水面。中间两联写久雨造成的后果：江河湖泊水深流急，鸬鹚虽多，渔夫虽众，却捕不到鱼，身穿蓑衣者密集如城墙，游鱼却借水势顺流逃脱（通，穿过）；莲与菱是生长在浅水区的，现在池塘沼泽能行大船，莲菱的生存环境遭到破坏，都横七竖八地躺倒在水面上。捕鱼摸虾、采莲摘菱这样靠水谋生的方式尚且损失严重，那么岸地作物的收获更可想而知了。于是，诗的尾联表达了秋收无望的悲伤和对劳动人民的同情。作者之所以"苦雨"，着眼点在此。颈联中的"过"，尾联中的"望"，现代普通话读去声，在唐代则是平声字。

皮日休这首诗有积极的意义，描写景物也很准确、生动，全用平声字，给人一种大雨潺潺、水流哗哗、连绵不断的感觉，字声的选择与内容的表现是一致的，因此是一首成功的四声诗。

汉语的中古声调，有平、上、去、入四声，到现代普通话发生了较大变化，主要是"平分阴阳，入派三声"，即平声分为阴平和阳平，入声消失，归入平、上、去，这样形成阴平、阳平、上声、去声四个声调。今天我们用普通话去读古代的四声诗，会发觉有些并非全平诗或全仄诗，这是因为语音发展变化的结果。

晚唐皮陆首创四声诗，但只有全平声字诗，而没有全仄声字诗。北宋诗人梅尧臣写出了第一首全仄声字诗《舟中夜与家人饮》，是上、去、入混用的；孔平仲则分别用平、上、去、入四声字写出全篇，成组诗《还乡展省，道中作四声诗，寄豫章僚友》，至此，才有完整的标准的四声诗。

时至明清，四声诗从唐宋的五言八句衍生出五言四句，从五言增加到七言，从五绝发展为七绝，个别的有超过二十句的长篇。但是，受声调的限制，古代四声诗以五言居多，以四句、八句为常。

折腰体

送元二使安西

王 维

渭城朝雨浥轻尘,
客舍青青柳色新。
劝君更尽一杯酒,
西出阳关无故人。

——《全唐诗》,中华书局,1999年版

　　折腰体属于古代杂体律诗的范畴。我国古代近体诗的格律,最重要的是字词声调的平仄,传统的声调是平、上、去、入四声,"平"就是平声,"仄"包括上、去、入三声,平仄交替错综,能构成一定的节奏与旋律,增强诗的音乐美。

　　近体诗的平仄格式,有交替和粘对的规则。一句之内要平仄交替,这里暂且不论。一联(两句,出句和对句)之内要平仄对立,这里也且不说。与折腰体相关的是"粘"。粘是连的意思,指的是律诗两联之间,下联出句的平仄要与上联对句的平仄规则相同,而不是字字平仄都一样。因为律诗一联的对句必须押韵,韵脚一般是平声,而出句(首句除外)不能押韵,末字应该是仄声;再加古人写诗实践中有"一三五不论,二四六分明"的约定俗成,也就是七言诗每句的第一、三、五(五言则是一、三)字的平仄可以不拘,可以变通,所以,粘连指的是下联出句与上联对句的平仄"规则相同"。

古人写近体诗，一般是严格遵守平仄格律的，包括"粘"的规则，但有时根据内容表达、情感抒发的需要，也会有所突破，有所变通，包括应粘之处而不粘，叫作"失粘"。近体绝句中，第三句是"腰"（如同人之腰，在身体中间一样），近体律诗中，第五句是"腰"。诗的腰部平仄相粘，则腰硬、腰直，如果失粘，就腰曲、腰弯，所谓的"折腰"就是腰弯或弯腰的意思，也就是近体诗的腰部平仄失粘。

我们来看王维的《送元二使安西》，它的格律是这样的：
仄平平仄仄平平
仄仄平平仄仄平
仄平仄仄仄平仄
平仄平平平仄平

每句的一三五字可以不拘，那么其平仄格律（二四六字的声调）就是：
平仄平
仄平仄
平仄平
仄平仄

按照律绝正体，第三句要粘应为"仄平仄"，第四句对立，为"平仄平"。可见，王维此诗的腰部（第三句）失粘，所以属于折腰体。

《送元二使安西》是王维的代表作之一。"安西"即安西都护府，是唐代统辖管理西域的政府机关，治所远在龟兹，今新疆库车，元二是王维的友人，将奉命出使边地。诗的前两句写送别的时间、地点、环境。春天的早晨，咸阳的旅店，一场刚刚停止、恰到好处的小雨，洗净了西出阳关的驿道，洗净了客舍四周和大路两旁的柳树。这是一幅清新、明净、开朗的图景。虽然"多情自古伤离别"，但本诗的基调却并不低沉。出使西域，立功边关，乃盛唐人心目中的壮举伟业，志同道合的朋友设宴饯行，与宋代男欢女爱、离愁别恨的"都门帐饮"迥然不同。

诗的后两句只是主人的劝酒辞。千里送行，总有一别。酒过多巡，终将分手。使者登程的一刻到了，作者请朋友干尽最后一杯酒，"西出阳关无故人"饱满着极丰富复杂的感情：万里跋涉的艰辛，独行穷荒的寂寞，挚友惜别的依恋，前路珍重的叮嘱，等等，一言难尽，却尽于一言。这两句诗剪取典型的生活细节，选取典型的告别话语，又脱口而出，平易通俗，因而具有普遍性，被谱为"阳关三叠"，"劝君"两句要重复唱三遍，成为广泛传唱的流行金曲。可以这样说，《送元二使安西》的后两句是天巧浑成、自然贴切的佳句，作者当然不肯为符合"粘"的规则而割爱。说到底，平仄格律是形式，应该服从和服务于内容的表达。

我们再来看一首岑参的《奉和杜相公发益州》，它属于律诗的折腰体作品：

相国临戎别帝京，
拥旄持节远横行。
朝登剑阁云随马，
夜度巴江雨洗兵。
山花万朵迎征盖，
川柳千条拂去旌。
暂到蜀城应计日，
须知明主待持衡。

岑参这首七律前四句用的是仄起而首句入韵的格式，按此格式，第五句应与第四句平仄相粘（除末字外皆相同），而岑参此诗此处却失粘了，四、五两句平仄的不同，使这首七律的腰部不直、不硬了，弯曲了，是为折腰。也有学者（如饶少平先生）主张，七律第五句诗的失粘，等于从第五句起转换了平仄格式，这里是由仄起式改变为平起式，如此转换，是谓折腰。可备一说。

近体绝句只有四句，要失粘也只有一处，即只能折腰一次；而律诗有八句，第三、五、七句按规则都应该粘，想要失粘便有三处选择。饶少平先生主张七律可以折腰两次。笔者以为，七律第三句属颔联，第七句属尾联，都不在腰部，称为"折腰"似不妥当。至于事实上存在的失粘两次的七律，该如何称呼，可以讨论，但肯定是杂体了。

上述折腰之论，是就近体诗的章法而言的，就句法而言也有所谓折腰体，那是指诗句的语法结构或音段划分，两者完全不是一回事。

又，古代近体诗中有拗体，大诗人杜甫就写了不少拗体诗，但拗体与折腰体也完全不是一回事。限于篇幅和本书主旨，这里不展开谈了。

总之，笔者主张对折腰体诗外延的界定不宜扩大化，而具体诗作则须仔细分析、区别。

进退格

追赋画江潭苑（其四）

李 贺

十骑簇芙蓉，宫衣小队红。
练香熏宋鹊，寻箭踏卢龙。
旗湿金铃重，霜干玉镫空。
今朝画眉早，不待景阳钟。

——《李长吉歌诗编年笺注》，中华书局，2012年版

古代近体诗的格律，包括声调、韵脚、句式、章法诸方面。进退格属于押韵方面的杂体。

李贺是唐代中期的著名诗人。据业师吴企明先生《李贺年谱新编》考证，《追赋画江潭苑》组诗作于唐宪宗元和十年（815），李贺南行经过金陵之时。江潭苑乃梁武帝所筑的游猎场所，后人描绘其胜景而成图画，李贺则见图有感，写诗追赋其事。这里选析的第四首是讽咏宫女晨猎的。

首联写宫女服饰。"小队"即"十骑"，宫女都骑马，以十骑为一小队，又都穿红衣，聚在一起，远望像芙蓉那样花团锦簇。

颔联写猎犬。南朝宋有一名贵的宠物狗叫"鹊"，宋鹊在这里指代猎犬。宫娃云集，连猎犬都沾染了珠光宝气；练香，精制的香料，古人随身佩戴或用以熏衣。卢龙，山名，在金陵西北面，这句是说狩猎逐射，直至卢龙山上，猎狗追寻宫女射出去的箭。

颈联写旌旗、马镫。旗被霜露打湿而铃铛似变重,玉着霜不化而马镫如空。颈联以霜浓露重暗示出猎时间在清晨。

尾联承接颈联,通过宫女私语,点明出猎之早。皇宫深隐,听不清端门的鼓漏声,便在宫内建筑景阳楼上置放一口铜钟来报时,宫人闻钟作息。出猎之日,钟声未响,宫女们就起来梳妆打扮了。宫女焉能骑射娴熟?帝王率宫女狩猎,不过是寻欢作乐罢了。

实际上,江潭苑并没有建成,梁武帝晚年,侯景作乱,武帝被俘,在软禁中活活饿死。前人董伯英认为李贺是借题发挥,讽刺唐宪宗的"沉湎声色,肆意游观,服食求长生"(《李长吉歌诗编年笺注》,中华书局,2012年版,第640页),诚如是也。

我们选析李贺这首诗,主要为说明"进退格"。

近体诗成型以后,押韵十分严格,一是除有的首句入韵外,都是隔句押韵;二是只用平声韵;三是韵脚必须用同一个韵部中的字。隋代陆法言的《切韵》把汉字分为一百九十三韵(声调不同属于不同的韵部),北宋陈彭年的《广韵》更分为二百零六韵,两者分韵都过于琐细,不完全符合当时语音,诗人写诗也不完全按照二书部类用韵。南宋刘渊著《壬子新刊礼部韵略》,把可以同用的韵合并起来,成一百零七韵;王文郁又归并成一百零六韵,这就是通常所说的"平水韵"。平水韵虽然出现于南宋,却反映了唐人写诗用韵的实际情况,并且从宋以后直到近代,人们做近体诗还都依照平水韵。

平水韵包括平声三十韵。写近体诗只能用平声韵,一首诗的韵脚必须是平水韵中同一韵部的字,否则就叫"出韵"。

在平水韵里,"上平声"(平声因字多而分上下两卷,上平声指平声卷上,下平声指平声卷下)韵目有"一东""二冬",就是说,"东"与"冬"是两个不同的韵,但紧相邻近。李贺《追赋画江潭苑》第四首,韵脚"红""空"属"东"韵,"龙""钟"属"冬韵"。首句末字"蓉"也属"冬"韵,但五律以首句不入韵为常,故"蓉"字可忽略不计。这样,李贺此诗韵脚四字排列为一东、二冬、一东、二冬,即有意识地用两个相邻而不相通的韵部的字来间隔押韵,形成一进一退的状况。清人汪师韩《诗学纂闻·律诗通韵》认为,李贺《追赋画江潭苑》其四,"开后人'辘轳''进退'之格,诗中另为一体矣"(《李长吉歌诗编年笺注》,中华书局,2012年版,第640页)。

古代韵书里,相邻的韵部,有的可以通押,以"同用"标明,有的则不能通押。在一首律诗中,用相邻不相通但语音谐和的两个韵部的字,有规律地间隔押韵,这就是所谓进退格。此种押韵方式,是古代正体律诗所不允许的,却在一定范围内被认可,故为杂体。需要说明的是,古代的古体诗用韵就比较宽,一般邻近之韵可以押韵。

李贺诗歌除了进步的积极的思想内容外,艺术上追求"戛戛独造"的境界,作品往往别具一格,他开创了近体诗的进退格,不完全是偶然的。

从唐宋至当今,汉语语音发生了很大的变化,根据普通话的标准语音,现代汉语词汇分为二十二个韵类八十七个韵目(每一韵类再按四声分韵目),李贺《追赋画江潭苑》其四里的红、龙、空、钟早就属于同韵之字了。今人写格律诗,自然不必拘泥于古代韵书的某些规定。

辘轳格

谢送宣城笔
黄庭坚

宣城变样蹲鸡距，
诸葛名家挦鼠须。
一束喜从公处得，
千金求买市中无。
漫投墨客摹科斗，
胜与朱门饱蠹鱼。
愧我初非草玄手，
不将闲写吏文书。

——《全宋诗》北京大学出版社1995年版

业师吴企明教授曾送我由他点校的北宋黄朝英《靖康缃素杂记》（中华书局，2014年版）。该书《补辑》第十八条云：郑谷与僧齐己、黄损等共定今体诗格云："凡诗用韵有数格：一曰葫芦，一曰辘轳，一曰进退。葫芦韵者，先二后四；辘轳韵者，双出双入；进退韵者，一进一退。失此则缪（谬）矣。"此条乃关于律诗杂体押韵三格的经典记述，然而很简要，古今学人引用、辨析者甚众，有确解的，也有误解的，今人则承谬踵误者不少。

郑谷是晚唐著名诗人，齐己、黄损是他的诗学门徒，师生仨研讨制定的律诗押韵方面的三种杂体，是有创作基础和实际意义的。今体诗的格律在唐代已经成熟，其用韵的规定很严，同一首律诗只能押同一韵部的字和可以通押的相邻韵部的字，而韵书分韵又过细，有时会影响到内容的表达、感情的抒发，于是某些作者大胆尝试，另辟蹊径，用相邻而不可通押的两个韵部的字在同一首诗中押韵，从而拓宽了律诗的用韵渠道，得以辗转言情。古体诗邻近之韵一般均可通押的宽容，无疑也会给今体诗作者以启发。更有诗人特意创新出奇，为惊世骇目而剑走偏锋。种种原因，使得突破律诗用韵限制的举措层出屡见，郑谷他们只是对此类创作实践的总结和规范，又进一步推动此类实践向前发展。

葫芦、辘轳、进退三格的共同处在于：都是在一首律诗中，选择两个相邻而不相通的韵部的字押韵，甲、乙两韵此起彼落，有规律地使用。区别处在于：进退格是两句一换韵，两韵间押，呈甲—乙—甲—乙状；辘轳格是四句一换韵，双出双入，呈甲—甲—乙—乙状；葫芦格则用于十二句的排律，呈甲—甲—乙—乙—乙—乙状，即先二后四，因为先小后大，故名"葫芦"之格。

黄庭坚的《谢送宣城笔》，第二句韵脚"须"字，第四句韵脚"无"字，在平水韵中属"七虞"部，第六句韵字"鱼"，第八句韵字"书"，在平水韵中属"六鱼"部，而虞、鱼不通押，正体律诗不允许，但杂体却认可，因为呈虞－虞－鱼－鱼状，即甲—甲—乙—乙状，故为辘轳格。

黄庭坚诗一度与苏轼齐名，并称"苏黄"，在宋代的影响甚至大于东坡，被后来的江西诗派奉为圭臬，尊为"一祖三宗"的三宗之首。宋英宗治平三年（1066），二十二岁的黄庭坚参加省试，崭露头角，次年登进士第，而后近二十年，一直在地方上任低级官员，在这诗歌创作的第一阶段，黄诗已自成一体，以生新瘦硬、健拔奇峭为特征。

哲宗亲政前、旧党掌权时，黄庭坚仕途较为顺利。他于元丰八年（1085）六月，被召入京，任秘书省校书郎，主持编写《神宗实录》。当时，许多文人学士云集汴京，有苏轼兄弟，有孙觉（庭坚岳父）、张耒、秦观、晁补之、陈师道等人，黄庭坚常与他们聚在一起，赏书评画，赋诗论文，是为著名的"元祐雅集"。在这个阶段，黄诗四百多首，唱酬之作达半数以上。其中，包括大量的题咏书画纸笔和茶、扇等生活用品的诗，如《题郑防画夹五首》《老杜浣花溪图引》《次韵王炳之惠玉版纸》《和答钱穆父咏猩猩毛笔》。《谢送宣城笔》当亦作于此期。

元祐八年（1093）九月，哲宗亲政，新党用事，次年改元绍圣，旧党人物开始横遭迫害，黄庭坚因与苏轼过往甚密，被视为旧党，一贬再贬，最后卒于贬所宜州。这是黄诗创作的第三阶段。

黄庭坚与苏轼、米芾、蔡襄同为宋代大书法家，鉴赏品评书法佳作和文房四宝，又是西园雅集的活动内容之一，而宣城自古就是文房四宝之乡，唐宋时期更是宣纸宣笔的制作中心。《谢送宣城笔》诗的首联写获赠之笔的出自名城名家之手。"鸡距""鼠须"皆宣城毛笔之名，诸葛则是宋代宣笔的制作大师，在制笔工艺上多有革新。鸡距本是雄鸡爪后的足骨，鸡斗时用以攻击的利器，短锋宣笔因劲健硬挺形似鸡距而得名，白居易有《鸡距笔赋》和《咏宣州笔》。颔联以千金难买进一步写这枝宣笔的珍贵和自己获赠的惊喜。工欲善其事，必先利其器，书法家得到好毛笔的喜出望外溢于言表。颈联写自己对书法的热爱。"科斗"即蝌蚪，蝌蚪文是先秦时期的古老文字，前代书法家常以描摹古文字、古书体作为一项基本功，诗中所谓"摹科斗"是指练书法。蠹鱼，蛀蚀书籍的小虫；饱蠹鱼，指读古籍。黄庭坚是好读书的，但这里却说当一个普通文人练书法，也比做贵族子弟皓首穷经强，一则黄庭坚家素贫寒，书法是苦练出来的，二则是以读古籍衬托摹古字，表达对书法的酷爱。尾联写自己对宣笔的珍惜。"草玄手"指扬雄，扬曾草拟名著《太玄》。黄庭坚说，我虽然不能写出像《太玄》一样的不朽雄文，但也不会把这支宝贵的宣笔当作普通的书写工具，用来誊抄例行公文。

《谢送宣城笔》不是黄诗代表作，但却反映了作者元祐时期在汴京参加苏门雅集的公余生活，反映了书法大家对品牌毛笔的特殊感情（宋时，宣笔为贡品），也反映了黄诗形式上的一些特点。

黄庭坚作诗，力求创新出奇，包括喜押险韵（用艰深冷僻的字押韵）；元祐诗人唱和的主要方式是次韵，他们切磋争胜之处首在押韵，这首七律突破正体规定，用辘轳格，是他喜押险韵的自然延伸，是切磋韵律的一个成果。黄诗前期生新瘦硬，后期则平淡质朴，元祐八年为中期，是黄诗风格转型的过渡期，《谢送宣城笔》的通顺畅达也已初露端倪。

福唐体

声声慢·秋声
蒋 捷

黄花深巷,红叶低窗,凄凉一片秋声。豆雨声来,中间夹带风声。疏疏二十五点,丽谯门,不锁更声。故人远,问谁摇玉佩,檐底铃声。

彩角声吹月堕,渐连营马动,四起笳声。闪烁邻灯,灯前尚有砧声。知他诉愁到晓,碎哝哝、多少蛩声。诉未了,把一半、分与雁声。

——《蒋捷词校注》,中华书局,2010年版

福唐体又叫独木桥体,"福唐"其名始见于北宋黄庭坚词《阮郎归·效福唐独木桥体作茶词》。"福唐"究竟何义?至今无确解。有些学者认为,福唐是地名,首创此体的作者是福唐(今福建福清)人,或曾在福唐做过官,聊备一说。此体的特征是"以一字为韵",即通首全押同一个字为韵脚,如独木之桥,一根木头通到底,故又名独木桥体。用此杂体的作品,有诗也有词,但以词为多为好。宋词中除黄庭坚外,石孝友《惜奴娇》、辛弃疾《柳梢青》《水龙吟》、刘克庄《转调二郎神五首》、李曾伯《瑞鹤仙·戊申初度自韵》、赵长卿《瑞鹤仙·归宁都》等都用了福唐体。而同体词作相比较,蒋捷这首《声声慢》略胜一筹。

蒋捷,字胜欲,号竹山,阳羡(今江苏宜兴)人,宋度宗咸淳十年(1274)进士,未及步入仕途,南宋就灭亡了。于是蒋捷始则隐居周铁竹山(因以为号),继则漂泊吴

越,后又迁居武进,始终不事新朝。蒋捷祖先有一门同辈五人任州牧以上高官的,号称"五牧",而武进境内现有地名"五牧",或许与蒋氏迁居武进有关。

《声声慢》词调有平韵、仄韵两种,李清照著名的"寻寻觅觅"词是仄韵体,蒋捷此词是平韵体。

上片起三句交代环境,点明季节,敲定基调。黄菊、红枫是江南仲秋特有的景物,深巷、低窗反映作者的悄然隐逸,"凄凉一片"为全词一锤定音,"秋声"则照应题目。这三句也是全词的总起。

"豆雨"两句写风声、雨声。古人称农历八月之雨为豆雨。"疏疏"三句写更鼓声。古时一夜为五更,一更为五点,五更共二十五点,以鼓声报时。这三句至关重要,它告诉读者,本词是写夜晚秋声,前面的风声雨声,后面的各种秋声,都是作者秋夜卧床、辗转不眠所听到的;而不说一夜,不说五更,却说"二十五点",意在显示自己通宵不寐,更鼓点点声声入耳,令人厌烦。丽谯,壮美的高楼,此指更鼓楼;夜深人静,鼓声传得更远,故曰"不锁"。上片末三句,是作者朦胧状态下的幻觉和误判。似睡非睡恍恍惚惚之际,仿佛听到老朋友身上玉佩的响声,因惊喜而清醒,原来只是屋檐底下风铃摇动的声音。这间接写出词人白天乃至平日的心理:思亲念友而甚感孤独寂寞。

词的下片过渡到拂晓。"彩角"即用多种颜色装饰的号角;更鼓声是民用的,号角声是军用的,黎明前夕,军号一响,连片的兵营就行动起来了。"笳"是古代北方少数民族的乐器,著此一字,暗指元蒙,南宋灭亡前后的时代背景昭然若揭。"闪烁"二句写"砧声",邻居夜捣征衣,虽不明说确指，但同样渲染了战乱年代的氛围。接着"知他"三句写蛩声，即蟋蟀的叫声；"诉愁到晓"就是从夜里叫到凌晨，巧妙地绾合上片。结束三句写雁声，"雁足传书"是著名的典故，大雁已经飞过，却没有带来故人的信息，这是从反面写自己对亲朋好友的思念，而与上片歇拍"故人远"三句呼应。作者对全词结构的安排精细若此。

蒋捷选《声声慢》词牌也是别具匠心的。全词围绕"秋声"，以赋笔铺排风声、雨声、更声、鼓声、铃声、号声、笳声、砧声、蛩声和雁声，总计十种秋声，写出国亡家破的悲恸，思念亲友的孤寂，写出自己的心声。此词通首以同字为韵，在反复中强化、深化，有声声刺耳、声声惊心的音响效果，独木桥体很好地为思想内容的表达服务。

宋词中的独木桥体细分有三种。一种是用实词，即"通首全押同一字"之字是实词，蒋捷《声声慢·秋声》便是。第二种是用虚词，如黄庭坚《瑞鹤仙·隐括〈醉翁亭记〉》：

环滁皆山也。望蔚然深秀，琅玡山也。山行六七里，有翼然泉上，醉翁亭也。翁之乐也，得之心，寓之酒也。更野芳佳木，风高日出，景无穷也。

游也，山肴野蔌，酒洌泉香，沸筹觥也。太守醉也，喧哗众宾欢也。况宴酣之乐，非丝非竹，太守乐其乐也。问当时太守为谁？醉翁是也。

欧阳修的《醉翁亭记》是散文，以"乐"为文眼，由山水之乐、到滁人游山之乐，侧写作者为政之业绩，最后推至作者的与民同乐，句法上骈散结合，用二十一个"也"字作句尾，节奏纡徐婉曲而自然畅达，是北宋散文名篇。黄庭坚因钦慕而效仿，作《瑞鹤仙》，既是隐括体，又是福唐独木桥体。

第三种是先用不同的实词押韵,再用同一虚词"些"或"兮"又从头到尾逐一押韵,形成所谓"长尾"韵。仍以蒋捷词《水龙吟·效稼轩体招落梅之魂》为例:

> 醉兮琼瀣浮觞些。招兮遣巫阳些。君毋去此,飓风将起,天微黄些。野马尘埃,污君楚楚,白霓裳些。驾空兮云浪,茫茫东下,流君往、他方些。
>
> 月满兮西厢些。叫云兮、笛凄凉些。归来为我,重倚蛟背,寒鳞苍些。俯视春红,浩然一笑,吐山香些。翠禽兮弄晓,招君未至,我心伤些。

从词题可知,辛弃疾亦有一首同类作品。蒋捷此词,不仅"效稼轩体",每句倒数第二字觞、阳、黄、裳、方、厢、凉、苍、香、伤为实际韵脚,另再用"些"字逐一煞尾,而且直承屈原《招魂》的精神,表达了沉重悲凉的亡国之痛、故国之思。辛弃疾和蒋捷的上述各一首《水龙吟》词采用的长尾押韵方式,起源于《诗经》,是正宗的"老字号",又有推陈出新之功,思想内容也都积极,绝非"文字游戏"所能一语否定。

独木桥体,除诗词外,也有曲,不一一举例了。

短柱体

[双调] 折桂令·席上偶谈蜀汉事因赋短柱体
虞 集

鸾舆三顾茅庐,汉祚难扶,日暮桑榆。深渡南泸,长驱西蜀,力拒东吴。美乎周瑜妙术,悲夫关羽云殂。天数盈虚,造物乘除。问汝何如,早赋归欤。

——《全元散曲》,中华书局,1964 年版

我国古代诗词曲中,通篇两字一韵或者一句两韵的作品,被称为"短柱体",因韵脚密、间距短而得名。

虞集(1272—1348),字伯生,号道园,人称邵庵先生,历任国子助教、集贤修撰、翰林直学士,官至奎章阁侍书学士,是元代著名的推尊儒术的学者。

陶宗仪《辍耕录》卷四记载了虞集作此曲的经过:中奉大夫、集贤侍讲学士童童(元朝河南王阿术之孙)在家设宴,虞集应邀参加,席上,歌女顺时秀唱"折桂令"小曲,有几处用一句两韵句式,虞集觉得新奇,就以"偶谈蜀汉事"为题,即席赋同一曲牌"折桂令",并且两字一韵,一曲到底,写成标准的短柱体。

虞集此曲共十二句,前八句叙事,后四句议论。第一至三句写刘备。鸾舆,同銮舆,本指皇帝的车驾,借称皇帝本人。三顾茅庐时,刘备尚未称帝,但元代文人回顾这段历史,可以刘备后来的地位指称。刘备为重兴汉室,广招人才,礼贤下士,恳请诸葛亮出山辅佐自己。祚,君主的位置;汉祚,刘汉王朝。日暮桑榆,古人以桑榆指日落

时余光所照之处，常比喻人的垂老之年和王朝的衰微之际。刘备虽堪称明君，诸葛亮也是雄才大略，无奈汉室气数已尽，回天乏力了。刘备终于"创业未半，而中道崩殂"。

第四至六句写孔明。泸，金沙江。《出师表》自述"五月渡泸，深入不毛……南方已定"，诸葛亮北伐中原之前，领兵南渡泸水，七擒七纵孟获，抚平了夷越。长驱西蜀，指与西面诸戎达成和议；"西蜀"应是"蜀西"，为押韵而倒置。力拒东吴，指派关羽镇守荆州，防御东吴侵袭。诸葛亮以此数招解除了后顾之忧，接着便"奖率三军"，全力以赴，六出祁山，讨伐曹魏，但皆无功而返，最后命丧五丈原。作者没写结局，一是史实众所周知，二是已述"汉祚难扶"，三是突出诸葛亮的功绩和谋略。

第七八句写周瑜、关羽。周瑜英年早逝，其"妙术"无逾于火烧赤壁，故第七句是叙吴蜀联手打败曹操的赤壁之战，此亦蜀汉之大事，所以提"周瑜"者，押韵之需也。殂，死亡。关羽武艺高强，温酒斩华雄，诛颜良、杀文丑，千里走单骑，过五关六将，又水淹七军，但却大意失荆州、败麦城。关羽之殂，引发吴蜀联盟破裂，动摇联吴抗魏国策，乃至张飞遇害，刘备托孤，是蜀汉政权由兴而衰的转折点。

从以上八句可以见得，虞集叙蜀汉事抓住了关键人物和重大事件，言简意赅。

天数，上天安排的命运；造物，大自然的主宰；乘除，此消彼长的变化。三国期间，蜀汉的败亡，原因是多方面的，我们这里不谈。而在虞集看来，明主刘备、贤相诸葛亮、勇将关羽，如此君臣际会、文武搭配的"优秀团队"，在三国博弈中没有胜出，只能归结于天意难违，造物弄人，命运不可抗拒。末尾两句又推及众生：努力、奋斗、竞争都是无用的，还是早点像陶渊明那样，赋一篇《归去来兮辞》，退隐山林，听天由命吧。虞集的观念当然是错误的消极的，但在元代却是带普遍性的，这与元朝统治者实行民族压迫、民族歧视政策相关，汉族知识分子不被信用、前途渺茫，某些牢骚话，其实是不满情绪和不合作态度的曲折流露。

此曲句式整散结合。头三句、尾两句是单行散句，中间七句却是精工的整句，尤其一个鼎足对，铺陈排比，苍劲老辣，力透纸背。当然，我们选析此曲，主要是它句句两字一韵，一贯到底。元曲押韵韵部较宽，一般用所谓的十三辙，此曲里的舆、顾、庐、祚、扶、暮、榆、渡、泸、驱、蜀、拒、吴、乎、瑜、术、夫、羽、殂、数、虚、物、除、汝、如、赋、欤诸字，当时都属姑苏韵。如此通篇一句两韵甚至三韵，远超顺时秀的原唱了。

我国古代儒家经典著作《周易》《诗经》中有大量的两字一韵或者一句两韵的句式，如"潜龙勿用""先否（pǐ）后喜"（《周易》），"静女其姝""鸳鸯在梁"（《诗经》）等等。汉语最古的诗体是二言短章，如《弹歌》和《周易》爻辞中保存的二言古谣。虞集是元代饱读诗书的硕儒，对上述两字一韵句式和二言古诗当有深刻记忆。在他之前，至少乔吉已写过完整的短柱体散曲《折桂令·拜和靖祠》，乔吉是与虞集同时的著名曲作家；王实甫《西厢记》《丽春堂》，郑光祖《㑇梅香》等剧曲也用过"六字三韵语"句式（《中原音韵》），这些都会影响到虞集。当他听顺时秀唱曲，再耳闻一句两韵、三韵的句式时，便触发了自己创作短柱体的动机。没有平时的积淀和酝酿，即席赋短柱体曲，是很难写好的。虞集此作流畅通达，胜过乔吉的同调之曲，陶宗仪《辍耕录》评价说："先生之学问赅博，虽一时娱戏，亦过人远矣。"

我国古代也有短柱体的诗和词，却以曲为多见。可能因为元曲本身韵部宽而韵脚密，句句押韵的作品不少，往前再走一二步，就是短柱体，所谓乘势而上吧。

双声叠韵诗

洞庭葡萄架

姚 合

萄藤洞庭头,
引叶漾盈摇。
皎洁钩高挂,
玲珑影落寮。
阴烟压幽屋,
蒙密梦冥苗。
清秋青且翠,
冬到冻都凋。

——《全唐诗》,中华书局,1999年版

在汉语音韵学中,声母相同,叫作双声;韵母相同,叫作叠韵。古代汉语有很多双声叠韵的联绵词。双声如:蟋蟀、蜘蛛、颠倒、踟蹰、熠耀、仿佛;叠韵如:螳螂、薜荔、徘徊、栖迟、崔嵬、窈窕,等等。不是联绵词的双声叠韵字词则更多。

适当运用双声叠韵字词,可以增加音韵、节奏上的美感。《诗经》就出现不少这方面的范例。比如:《卷耳》第二章的"陟彼崔嵬,我马虺隤(疾病)",两用叠韵;第三章的"陟彼高冈,我马玄黄(也是疾病的通称)",两用双声。因为古今语音的变化,"玄黄"在普通话里已经不是双声了。《七月》首章的"一之日觱发(风寒),二之日栗烈(凛冽)",觱发和栗烈是双声兼叠韵。觱、发两字的声母上古时相同。

《诗经》对双声叠韵字的巧妙运用，给后人很大启发和影响。杜甫《秋兴》"信宿渔人还泛泛，清秋燕子故飞飞"，信宿（xiǔ）、清秋，双声对双声；《咏怀古迹》"怅望千秋一洒泪，萧条异代不同时"，怅望、萧条，叠韵对叠韵，对仗十分讲究、精工。

凡事过犹不及。双声叠韵字如果用得太多，就会拗碍口舌，佶屈聱牙。但是，一些古代诗人偏偏反经行权，为追求趣味，为善意嘲笑，或为因难见巧，而大量使用双声叠韵之字，写成双声诗、叠韵诗，丰富了杂体诗的种类。

庾信的《示封中录》是一首双声诗：

贵馆居金谷，

关扃隔藁街。

冀君见果顾，

郊间光景佳。

庾信（513—581），原仕南朝梁，出使西魏，恰值西魏灭梁，被扣留，后历仕西魏、北周，官至骠骑大将军、开府仪同三司，能诗善文，杜甫所说"清新庾开府"即指此人。封中录当是其同僚。金谷，在河南洛阳城西北，西晋石崇筑金谷园之地。关扃，关隘山岭；藁街，西汉长安城内的一条街，为属国使节馆舍所在。历史上，西魏都洛阳，北周都长安，庾信诗里的金谷、藁街未必实指；诗的前两句是说：你家宅第居都城繁华处，但街市之外便是山岭原野。冀，希望；顾，看；诗的后两句是说，请你看到果实时环视四周，郊区山野的景色挺不错的啊。这是一首招邀同僚郊游的诗，从"见果"可知，写于秋季。

此诗并无深意，也无新意，以诗代书信而已。但全诗二十个字，声母不是 j 就是 g，在古代这些字的声母，发音部位相同，属三十六字母（声母）中的"牙音"，现代汉语称之为"舌根音""舌面音"。所以，这是一首完整的标准的双声诗。

陆龟蒙的《吴宫词》是一首叠韵诗：

　　红栊通东风，

　　翠珥醉易坠。

　　平明兵盈城，

　　弃置遂至地。

本诗题材、主旨与李白《乌栖曲》"吴王宫里醉西施"相同。栊，窗上木；珥，女子的珠玉耳饰；前两句诗写暖风佳酿熏得美人醉，西施与宫娥们簪斜珥坠昏昏然，说明夜宴欢饮已持续多时。第三句跳跃到天亮，夜饮通宵达旦，却不料敌军破城而入，蜂拥而至，吴国就此败亡，那摇摇欲坠的珠宝翠珥最终零落成泥、委身尘土。作者通过"翠珥"的坠与弃，也即美人的醉酒与沦落，从侧面表现吴王夫差骄奢淫逸导致覆灭的前车之鉴。陆龟蒙生当晚唐，家居姑苏，借夫差故事讽喻末世君臣，是完全可能的。在古代汉语中，红、栊、通、东、风，均在东钟韵；翠、珥、醉、易、坠，和弃、置、遂、至、地，都属齐微韵；平、明、兵、盈、城，全是庚青韵；所以，这是一首典型的规范的叠韵诗。至于诗的第二句与第四句五字，共同隶属一个韵部，那是偶句末尾押韵的需要。

本章开头作为范例的姚合《洞庭葡萄架》诗，既是双声诗，又是叠韵诗，两者有机融合，写作难度更大。

姚合是唐代诗人，生卒年有不同说法。元和十一年（816）进士及第，曾任金州刺史、杭州刺史，仕终秘书监。

与贾岛友善，诗风相近，并称"姚贾"，是中晚唐一个重要诗歌流派的代表人物。

姚合此诗前半首从昼、夜两方面描写洞庭葡萄架。引叶，藤蔓新长出、最前端的嫩叶；第一二句说洞庭山里的葡萄藤，蔓延攀缘，潜滋暗长，触须新叶茂盛充盈，随风摇曳。寮，小屋；第三四句说皎洁的一钩弯月悬挂苍穹，把葡萄架清晰精美的剪影映射到近旁的屋墙上。

诗的后半首分写葡萄的春夏秋冬。春季，湿气烟雾与葡萄架的浓荫使小屋更加幽静；夏季，梅雨连绵，微雨蒙密笼罩下，葡萄的藤叶似在梦幻之中；而秋季仍有青翠，到冬季则凋零。姚合诗多描写自然景物，此诗也是这样，它别具一格之处在双声叠韵的巧妙融合。

首句五字，声母都是古代舌音的端母、透母；第二句五字，在古代都属喉音喻母（即现代零声母）；第三句五字古代属牙音见母；第四句五字除"影"外，都属半舌音"来"母；第五句五字又是零声母；第六句五字属双唇音"明"母；第七句是牙音"群"母，第八句是双唇音"帮"母。除第四句"影"字外，全诗八句，每句五字都是双声字。

与此同时，诗中藤、庭、引、盈、皎、高、玲、影、阴、烟、蒙、梦、清、青、冬、冻等，都韵母相同，是叠韵字。姚合、贾岛都以"苦吟"著称，写诗刻意求工，姚合这首《葡萄架》是他苦心孤诣、"走火入魔"的登峰造极之作。

双声诗、叠韵诗古代又称"吃语诗"或"口吃诗"，因为佶屈聱牙，念读之际似人说话口吃之状，故得名。《苕溪渔隐丛话》载有苏轼的一首诗，诗题即为《口吃诗》，正式以"口吃"名诗的可能就是苏东坡了。

两韵间押诗

吴 江

章 碣

东南路尽吴江畔，
正是穷愁暮雨天。
鸥鹭不嫌斜两岸，
波涛欺得逆风船。
偶逢岛寺停帆看，
深羡渔翁下钓眠。
今古若论英达算，
鸱夷高兴固无边。

——《全唐诗》，中华书局，1999年版

　　章碣，晚唐诗人，生卒年不详。他的《焚书坑》"竹帛烟销帝业虚，关河空锁祖龙居。坑灰未冷山东乱，刘项原来不读书"，嘲讽和谴责秦始皇当年的焚书行径，是唐诗的名篇。这首《吴江》诗当代人可能不太熟悉。

　　吴江即吴淞江，太湖三大支流之一。晚唐以前，苏南浙北水乡泽国，交通旅行主要靠乘船驾舟，著名的垂虹桥是北宋年间才建造的。苏杭江浙是沿海地区，这一带下雨天，往往刮东南风。章碣老家钱塘（一说桐庐），从诗中"暮雨天""逆风船"推测，此诗乃其由北向南归故乡时所作。

　　诗的前半首十分压抑。"穷"在古代主要是不得志、无出路的意思，与"贫"不同。章碣早年举进士不第，曾写《东都望幸》一诗讽刺主考官营私舞弊，此番落魄回家，正日暮途穷，又逆风冒雨，不禁愁上心头。鸥鹭之"不嫌"反衬自己的失意，波涛之"欺得"烘托内心的不平，这里用拟人手法，并以情观景，情往感物，使路尽、暮雨、鸥鹭、波涛、逆风等，都带着明显的主观色彩，比较强烈地展现了作者当时的心境。

诗的后半首逐渐开朗。从"停帆"可知，此刻往后，雨停了，风向也转了（逆风是不可能扯篷张帆的），作者终于走出心理阴影，慢慢想通了。于是"偶逢岛寺"便饶有兴致靠岸观览，见渔翁垂钓于半眠半醒之际竟生羡慕。末尾用范蠡典故发议论。范蠡在帮助越王勾践消灭吴国之后，功成身退，改姓易名为鸱夷子、陶朱公，乘舟载西施泛五湖而去。英达，才智杰出，通达事理。章碣最后说，像范蠡那样逍遥江湖，才是明智的选择啊！史载章碣流寓常州后，"不知所终"，难道真学范蠡浪迹天涯了？

章碣此诗本为七律，七律押韵的规则是，除首句可入韵亦可不入韵外，偶句押韵，奇句不韵，而此诗奇句用仄声字"畔""岸""看""算"相押，偶句用平声字"天""船""眠""边"相押，也就是一诗两韵，平仄各一，隔句互押，章碣自称"变体"，在他之前的律诗确实未有所见。

但是，诗歌奇句和偶句分别押韵的样式，《诗经》中就出现了。如《周南·兔罝》：

> 肃肃兔罝，
> 椓之丁丁。
> 赳赳武夫，
> 公侯干城。

肃肃兔罝,
施于中逵。
赳赳武夫,
公侯好仇。

肃肃兔罝,
施于中林。
赳赳武夫,
公侯腹心。

这诗描写的是狩猎的武士。"兔"解为兔子自无不妥,但指为老虎似更恰当,周南在江汉汝水一带,当地俗称老虎为"於菟"。为捕获猛虎,猎手们在岔路口、密林中打桩布网,他们孔武有力,密切配合,平时是猎手,战时是保家卫国的干城。首章首句的罝读 jū,是捕兽之网;它与第三句的夫,同属古韵鱼部;二、四句的丁、城,则同属古韵耕部。其余两章的押韵方式也是这样,古人称为双韵体或交韵体。

交叉押韵或者说两韵间押的作品,《诗经》中还有《召南·小星》《邶风·谷风》等,虽然与《周南·兔罝》都是四言古诗,但对章碣七言律诗《吴江》的写作肯定产生影响的,章碣的创作就是建立在学习继承《诗经》押韵方式的基础上的。

两韵间押有何好处呢?效果主要是韵脚密集,音节丰富,两韵轮用形成递进听觉,两种音韵交响反复,犹如歌曲的二重唱,可以新人耳目。章碣的《吴江》诗交织着郁闷和开朗两种情绪，结尾是故作旷达，范蠡的逍遥江湖是以相国之尊、千金之资、美女之伴为条件的，章碣的效仿实是无奈之举罢了，用平仄两韵间押，似乎更利于表达这一特殊的复杂心境。章碣写作之时未必如此考量安排，但不妨碍我们今天如此欣赏玩味。

　　章碣以后，历代都出现过两韵间押诗，只是数量不多，以至朱自清先生认为"后人似乎也未见有拟作者，章氏的尝试算是失败了"。其实，两韵间押诗直到现代仍有人写作，如冯至的白话诗《给秋心》。全诗八句，奇句与偶句分别押人辰韵和言前韵，人辰韵为平声韵，言前韵为仄声韵，这是严格的两韵间押诗，可谓章碣《吴江》诗的遗响。

意趣类

打油诗

雪
张打油

江上一笼统,
井上黑窟窿。
黄狗身上白,
白狗身上肿。

——《升庵集》,文津阁《四库全书》本

打油诗是语言俚俗,风格诙谐,富有情趣的一种杂体诗。

据宋代钱易的《南部新书》和计有功的《唐诗纪事》等古籍可知,张打油与胡钉铰同为唐贞元、元和间人,是早期的打油诗作者,打油诗的名称显然得之于张打油。

这首《雪》诗,景物描写准确生动。寒冬季节,大雪纷飞,江面不见船帆,江边不见草树,江流顿失滔滔,江上唯余茫茫,一切都"笼统"于白色的混沌之中;而井水恒温,雪下到井里就融化掉了,雪下得再大,井口总是个"黑窟窿"。诗的前两句一大一小、一白一黑,形成鲜明对照。谚曰:落雪狗欢喜。如此冰封雪飘之际,人是闭门不出了,许多动物冬眠了,唯独狗儿们兴高采烈,在原野上奔跑、追逐、嬉戏、玩耍。黄狗身上之所以白,白狗身上之所以肿,一是因为雪下得大,二是因为狗在雪地里待的时间长。"瑞雪兆丰年",作者的喜悦之情通过后两句间接地流露出来,溢于言表。

张打油的这首《雪》诗,前两句写静景,又静中有动——

雪花正漫天飞舞着，后两句写动景，与静景形成对比，而雪之舞、狗之奔、人之喜，并未着墨，由读者想见，属于虚写。这样，动静相宜、虚实结合、情景交融，除标题外，没有一个"雪"字，而一幅寒江雪野的图画如在眼前，令人恍若身临其境，甚至仿佛能听到狗儿欢快的吠叫声。

　　作者绘景写物不避俚俗，井与狗通常是不登诗歌大雅之堂的，却成为本诗的重点景物，并且确是雪天野外特有的景物，世界上最冷的北极，拉雪橇的就是狗。作者遣词造句不避俚俗，全用口头语言，并且"上"字凡四用，"狗"字"身"字各两用，不怕重复。不避俚俗而景物描写准确生动，富于生活气息；不避俚俗而语言应用流畅精当，尤其是一个"肿"字，白狗满身积雪，以"肿"形容，精确而诙谐，让读者忍俊不禁。

　　这是一首典型的打油诗，这类杂体诗以本诗作者之名命名，不是偶然的、随意的。需要说明的是，一般认为，张打油未必是作者的真实姓名，或者说，姓是真的，名则不实，"打油"很可能是作者所从事的职业、行当。我们今天难以判定"打油"究竟是怎样一份工作，但张打油是劳动人民则无疑问。

　　打油诗问世以后，深受劳动群众欢迎，民间创作与流传的作品不少，兹举一例。

　　相传古时有个浪荡子，把家产败光后，沦为叫花子。某日，到一位秀才门上乞讨，被秀才教训一通，浪荡子不以为耻，反而作诗一首云：

　　　　朝吃千家饭，

　　　　夜宿古庙亭。

> 不犯国家法,
>
> 任我天下行。

秀才见之,在每句诗后面各添两字:

> 朝吃千家饭,不饱;
>
> 夜宿古庙亭,盖草。
>
> 不犯国家法,犹好;
>
> 任我天下行,狗咬。

浪荡子看罢,触动心境,从此改邪归正,凭辛勤劳作而自食其力,又得到秀才赠诗赞扬。

打油诗问世以后,文人墨客纷起效仿,也举一例。《聊斋志异》卷十一《司札吏》后有一附记:牛首山一僧,自名铁汉,又名铁屎。有诗四十首,见者无不绝倒。自镂印章二,一曰"混帐行子",一曰"老实泼皮"。秀水王司直梓其诗,名曰《牛山四十屁》,款曰"混帐行子、老实泼皮放"。不必读其诗,标名已足解颐。

牛首山一个和尚,作诗四十首,自取名号,自镂印章,可见其出家之前当为读书之人。《聊斋志异》冯镇峦评语(作于清嘉庆二十三年,公元1818年)引录了《牛山四十屁》中的三首,一读可知牛山和尚所作就是打油诗。蒲松龄的《聊斋志异》是我国文学史上一部著名的短篇小说集,乾隆三十一年(1766)付梓,又一再刊刻印行,读者众多,影响深广,因此,《牛山四十屁》亦颇为文人所知,后来,"牛山体"就成了打油诗的别名。

打油诗代有作者。鲁迅、周作人、聂绀弩等就曾写过打油诗。直到20世纪90年代,《文汇报》(1996年12月1日)还刊登过吴小如先生的《京戏打油诗三首》。

逆挽诗

贺寿诗

解　缙

这个婆娘不是人，
九天仙女下凡尘。
儿孙个个都成贼，
偷得蟠桃奉至亲。

——《艺海拾贝》，上海文艺出版社，1978年版

秦牧《艺海拾贝·毒物和药》（上海文艺出版社，1978年版，第122页）引用了上面这首诗，但未说作者。此诗传播甚广，不少书籍、文章谈起过，但字词略有出入，笔者以为秦牧所引版本最佳，全诗符合七言绝句的格律，而诗作者一般认为是明代大才子解缙。

解缙（1369—1415），字大绅，一字缙绅，号春雨、喜易，吉水（今属江西）人，洪武二十一年（1388）进士，官至内阁首辅、右春坊大学士，是《永乐大典》的主编。因恃才傲物、仗义执言而遭忌惮，最终被以"无人臣礼"的罪名下狱，数年后遇害。

据说，某日一翰林给母亲做寿，解缙前去祝贺。宴席上，贺寿嘉宾纷纷献诗，大多数是陈词滥调的套话。解缙也当场口占一绝。首句甫一吟出，顿时一片肃静，大家面面相觑："这不是骂人吗？"翰林及其老母也满腹狐疑和恼怒。待解缙徐徐吟出第二句，原来说寿星"不是人"，为了衬托她是下凡仙姑，大家由惊诧转为惊喜。第三句又耸动听闻引起

悬念，大家屏息等候下句，"偷得蟠桃奉至亲"的"谜底"，收获一片喝彩和掌声。

此诗前两句写寿星本人，后两句写寿星子孙。寿星高贵，子孙孝顺，是贺寿诗词的老话常谈，解缙巧妙逆挽，欲扬先抑，以一、三句的出言不逊，反衬二、四句的褒奖有加，使赞美之辞倍增力度，且情趣盎然，效果极好。

从例诗可以知道，所谓逆挽，是把欲扬先抑的反衬手法用到极致（其中包含着夸张），以平淡反衬奇崛，以贬低反衬拔高，以大煞风景反衬出奇制胜，从而博取刺激耳目、耸动视听的艺术效果，给人留下深刻印象。

秦牧先生的《毒物和药》，以毒物在某种场合适当运用，可一变而为妙药，来说明某些不成话的语句，恰当组合，可一变而成精彩的诗句。接着便举解缙贺寿诗为例。"这个婆娘不是人""子孙个个都成贼"两句，若孤立地看，不像诗的语言，用之于贺寿，更是骂人的粗话，但与"九天仙女下凡尘""偷得蟠桃奉至亲"巧妙组合后，不但全诗出彩出众，两句粗话也华丽转身，实现了自身价值。欲扬先抑之抑，既凸显了扬，也使自己增值，故逆挽之法，可谓化腐朽为神奇。然而，逆挽不是常法，不可多用，故逆挽诗属于杂体诗。

清代程趾祥笔记小说《此中人语》记载：有陶公者，山林隐士也，某日自庆六十初度，良友知己前往贺寿，宴饮之间，风雨大作，一书生避雨进屋，陶公邀他入席。书生姓祝（一说为郑板桥，备参考），宾客说，你正是碰巧来祝寿的，"不可无诗"。书生于是提笔写道：

奈何奈何可奈何，

奈何今日雨滂沱。
滂沱雨祝陶公寿,
寿比滂沱雨更多。

当首句落笔写就之际,观者莫不皱眉蹙额,那算什么诗呀！第二句展现纸上,虽切合即时境况,却无甚雅意,且与寿诞了不相关。第三句开始扭转、挽回：大雨祝寿,用拟人手法,祝陶公寿,点明饮酒、赋诗的主题。第四句更深化一步,用夸张、比喻祝愿长寿,且使第一二句似无雅趣、颇煞风景的俗语,全有着落,成为预埋的伏笔,先行的高招。祝姓书生此诗赢得陶公及其朋友赞叹不已,被程趾祥记录在案。

逆挽之挽,是挽回的意思,逆,是倒转的意思。因此,逆挽讲通俗点,就是补救；逆挽之诗句,一般在后面,是对前面诗句的补救。当然,前面的貌似不佳乃故意作为,后面也非一般补正,而须出人意料,入人意中,有峰回路转之妙,又前后浑然一体。逆挽,是要精巧构思的。本章分析的两首逆挽诗,作者当场口占,即兴挥毫,那是由于平日储蓄多多,腹笥丰盛,方能达此佳境,属于厚积薄发。

另有一则流传甚广的趣事佳话：

某人参加诗酒之会,和朋友联句吟诗。这人根底很差,下笔竟写出了一句不成话的诗："柳絮飞来片片红。"柳絮怎么会是红的呢？此语一出,四座哗然。另一个人忍受不了,就提笔在这句子上面加了一句"夕阳方照桃花坞",这一来,"柳絮飞来片片红"那不成话的一句诗,竟忽然间一变而成为精彩的诗句了（秦牧《艺海拾贝》第123页）。

桃红柳绿,夕阳方照,原本春季美景；由热烈盛开的桃花作鲜红底色的映衬，有火红的霞光映照，雪花般轻盈、空灵的柳絮夹在中间飘过，游人看去"片片红"，既是真实的景象和视觉，也是特定时间、空间、景物构成的不可多得的画面。"夕阳方照桃花坞"把原先不成话的"柳絮飞来片片红"点铁成金了。这也是逆挽法——虽然"夕阳"句写在"柳絮"句的上面，但它是后来补加上去的，是妙手回春的补救，使陷于山穷水尽无路可走的"柳絮"句，蜕变为"柳暗花明又一村"了。

倒字诗

赠漳州崔使君乡饮翻韵诗

黎 瑾

惯向溪边折柳杨,
因循行客到州漳。
无端忤触王衙押,
不得今朝看饮乡。

——《坚瓠集》,康熙刻本

南海郡人黎瑾是被地方官员举荐,准备赴朝廷应试的书生,但他言行轻狂,游历漳州(今属福建)期间,多次在宴席上喧闹、酗酒。一次,当地举行乡饮,诸宾客都参加了,州府衙役唯独没通知黎瑾,黎瑾便写了上面那首翻韵诗给州刺史崔某。

唐代,州的行政长官是刺史;"使君"是汉以后对州郡长官的尊称。乡饮,是我国古代一种庆祝丰收、敬老尊贤的宴乐活动,由政府组织,邀请德高望重的长者、品学兼优的贤达出席,始于周代,历朝相沿形成礼仪制度,直到清道光二十三年(1843)才被废止。

黎瑾这首诗,第一句是说自己习惯于四方游学的生活;溪边折柳指告别。第二句说,此番依照旧习来到漳州做客。无端,没有来由,无缘无故;忤触,违逆,抵触;衙押,应为押衙,古代官府的仆从、差役。三四两句是说,不知道什么原因得罪了姓王的衙役(他特意不通知我),使我今日不能出席乡饮盛典。不邀请黎瑾,当然不是仆役的主张,他只是奉命跑腿的,黎瓘是借此托词,婉转地责问崔刺史,为何不请他赴乡饮之宴。

黎瓘写、赠此诗的目的,无非是为自己争取一个出席乡饮的机会,想跻身贤达之列。从动机、内容看,这首诗没有多大意义,但从方法、形式看,却很有特点。作者在诗中,把"杨柳"颠倒成"柳杨",把"漳州"颠倒成"州漳",把"押衙"颠倒成"衙押",把"乡饮"颠倒成"饮乡",而如此颠倒,仍让人一目了然,颇具戏谑诙谐的趣味。《云溪友议》说,此诗送达,"坐中皆大笑。崔使君驰骑迎之",宾主都笑了,刺史派人骑马迎接黎瓘。看来,黎瓘的轻狂、张扬,是有一定的资本的。

我们介绍这首诗,因为它可能是最早的倒字诗。

上古汉语,以单音节词为主,后来,双音节词逐渐增多,有些双音节词的两个词素可以换位,而词性意义不变,比如离别,别离;积聚,聚积;图画,画图;毛羽,羽毛;长短,短长;异同,同异;相互,互相;等等。但是,大多数双音节词是不能颠倒的,颠倒之后,或词意不同,或不成其词。

不过,古代诗作中,为了押韵而颠倒用字的现象,虽突破常规,却不乏其例。《诗经·东山》"制彼裳衣,勿士行枚"中的"裳衣",《诗经·常棣》"妻子好合,如鼓瑟琴"中的"瑟琴",杜甫《崔氏东山草堂》"爱汝玉山草堂静,高秋爽气相鲜新。有时自发钟磬响,落日更见渔樵人"中的"鲜新"等都是为了押韵而颠倒了字的位置。正因为此,倒字诗又称翻韵诗,黎瓘就在诗题上标明"翻韵诗"。

为求押韵把某个不能颠倒的双音节词临时换位,是倒字诗产生的由来,为调侃、戏谑、讽刺而刻意大量颠倒双音词的词素,多数诗句乃至每个诗句都用了倒字之词,就成为倒字诗。翻韵诗之称,着眼于押韵的初衷,倒字诗之名,则着眼于手法的运用,笔者认为,这种杂体诗叫倒字诗更恰当。

明代余永麟《北窗琐语》、清代褚人获《坚瓠集》等笔记著作都载录了同一首倒字诗及其故事:明朝景泰(代宗朱祁钰年号)中,一荫生(因先辈官爵而入国子监,或受官职)任苏州通判(州府长官的副手),"寡学","不甚晓文义",把"翁仲"倒呼为"仲翁"。翁仲是秦代名将,身体十分魁梧,打仗异常骁勇,屡建战功;镇守边关,匈奴不敢来犯;死后,秦始皇为他铸铜像,立于咸阳宫司马门外;后世统称石像、铜像为翁仲。"翁仲"是专用名词,两字不能换位,作为苏州官府的第二把手,该通判却将它们颠倒了,于是有人以错攻错,作倒字诗讽刺他:

> 翁仲将来作仲翁,
> 也缘书读少夫工。
> 马金堂玉如何入,
> 只好州苏作判通。

作者故意把"读书""工夫""金马""玉堂""苏州""通判"等词全都颠倒,戏谑中嘲讽意味强烈。汉代宫门有"金马门",是学士待诏之处,后以金马玉堂指翰林院。在封建社会里,因为父祖先辈的勋爵功德而得官的宦家子弟,往往是膏粱纨绔,不学无术,这首明代无名氏写的倒字诗,辛辣尖刻地批评荫封制度,比黎瓘那首倒字诗有价值、有意义。

可能是受倒字诗的影响、启发,后来又出现倒句诗。

倒字诗将词的文字颠倒，倒句诗则将诗的语句颠倒。倒句诗不但古代有，现代也有。1924年，第二次直奉军阀大战中，直系惨败，首领吴佩孚回不去老巢洛阳，仓促间从天津塘沽口乘船由海道南逃至长江一带，有人将王昌龄的七绝《芙蓉楼送辛渐》颠倒前后诗句刊于报端，予以嘲讽：

原诗为：	倒句诗：
寒雨连江夜入吴，	一片冰心在玉壶，
平明送客楚山孤。	平明送客楚山孤。
洛阳亲友如相问，	洛阳亲友如相问，
一片冰心在玉壶。	寒雨连江夜入吴。

倒句诗作者把原诗的第一句与第四句调换了位置。

现代诗人戴望舒有一首《烦忧》：

说是寂寞的秋的清愁，
说是辽远的海的相思。
假如有人问我的烦忧，
我不敢说出你的名字。

我不敢说出你的名字，
假如有人问我的烦忧：
说是辽远的海的相思，
说是寂寞的秋的清愁。

这首诗分两章，第二章全是第一章诗句次序的倒置，两章一起读，特别是读到第二章，自有一股"剪不断、理还乱，别有一番滋味在心头"的纠结，那"忧"真的很"烦"！

嵌字诗

"本是"一首寄芸叟

孔平仲

本末已倒置，
是否当告谁？
同为天涯客，
根冷聊相依。
生平尚气节，
相约老不衰。
煎烹虽炎炎，
何损百炼姿。
太过空自反，
急鞭尤恐迟。

——《全宋诗》，北京大学出版社，1995年版

故意将特定的字词精心安排在诗文语句中，以表达不想或不宜明言直说的意思，修辞上叫作镶嵌。嵌入特定字词，既不影响整体表达，又话中有话，别有寄寓，显然也是因难见巧的技艺、方法。

南北朝宋著名诗人鲍照写过一首五言二十四句的《建除诗》，该诗奇数句首分别嵌"建、除、满、平、定、执、破、危、成、收、开、闭"十二字，而此十二字就是寅、卯、辰、巳、午、未、申、酉、戌、亥、子、丑十二时辰的代号，后世仿作者颇多。又《乐府诗集》卷二十六录有《江南》古辞一首："江南可采莲，莲叶何田田！鱼戏莲叶间，鱼戏

莲叶东，鱼戏莲叶西，鱼戏莲叶南，鱼戏莲叶北。"与鲍照《建除诗》在句首嵌字不同，《江南》的作者把东、西、南、北四字嵌在后四句的句尾。总之，嵌字诗一般要将特定的字词嵌在不同句子里的相同位置上。

据郭茂倩说，《江南》为"魏晋乐所奏"。那么，《江南》乐府诗和鲍照《建除诗》是我们目前所能见到的最早的嵌字诗了。

孔平仲（1042—1098），宋英宗治平二年（1065）进士，元祐年间，从秘书省正字一路升迁至给事中、礼部侍郎，绍圣中又坐元祐党而贬衡州、惠州、英州安置。芸叟是张舜民的字，张与孔是同年，又同朝为官，又同坐元祐党而贬楚州、商州安置。孔平仲作嵌字诗一首寄张舜民，给予安慰和勉励。

诗的开头径发议论。北宋党争，前期主要是不同政见之争，后期演变为无原则的派系倾轧。宋哲宗亲政，起用新党，对元祐朝臣一概排斥、打击，孔平仲认为此举乃是非不分，欲以巩固赵宋统治也是本末倒置，这样的见解切中要害，党争不断加速了北宋的灭亡。诗的第三四句化用白居易《琵琶行》"同是天涯沦落人"句，自己与芸叟同遭贬谪，天各一方，而宦海险恶，世态炎凉，我们只能聊相慰藉。第五至八句是作者的自勉，也是与友人的互勉：你我历来崇尚骨气、节操，决心终身持之，并经受过种种考验，那么，这一次的打击再沉重，也不能改变我们的人格。"太过"是古代关于气运变化的术语，这里指突如其来的巨大变故。诗的最末两句是说：当灾难骤然降临之际，紧急、迅速躲避都来不及，那就坦然面对吧。

孔平仲这一寄芸叟诗共十句，于各句之首各嵌一字，合为曹植著名诗句"本是同根生，相煎何太急"。这是孔平仲此诗的话中之话，是全诗主要内容之外的又一番意思，它尖锐指出了北宋后期党争的实质：同室操戈，手足相残。

在宋代，像孔平仲这样好的嵌字诗并不多，嵌字词却不少。苏轼有《减字木兰花·赠润守许仲涂》词：

郑庄好客，**容**我尊前先堕帻。**落**笔生风，**籍**籍声名不负公。

高山白早，**莹**骨冰肌那解老。**从**此南徐，**良**夜清风月满湖。

苏轼知杭州任上被召还京，途经镇江，润州知州许仲涂（一说林希）设宴款待，席间官妓郑容、高莹请求落籍，即不当歌伎而嫁人，许仲涂让苏轼判决，苏轼当即写了这首词，全词既感谢许仲涂接风洗尘的盛情雅意，又于各句开头分别嵌入"郑容落籍，高莹从良"八字，这样，表明了自己的态度，却避免了"喧宾夺主"之嫌，一时传为佳话。

辛弃疾也有几首嵌字词，如《卜算子·答晋臣，渠有方是闲、真得归二堂》：

百郡怯登车，千里输流马。乞得胶胶扰扰身，却笑区区者。

野水玉鸣渠，急雨珠跳瓦。一榻清风**方是闲**，**真得归**来也。

词的末两句嵌入赵晋臣"方是闲""真得归"二堂名。辛弃疾的另一首《水调歌头·题晋臣真得归、方是闲二堂》，词的上片"真得归来笑语，方是闲中风月，剩费酒边诗"几句，再一次嵌入"真得归""方是闲"二堂名。邓广铭《稼轩词编年笺注》卷四"飘泉之什"中，辛弃疾与赵晋臣酬唱之作甚多，包括以上两首嵌字词。盖当时辛弃疾第二次被迫退隐，长达八年，赵晋臣二堂名"真得归""方是闲"正切合他当下的心境，所以一再嵌入词中，曲折地表达自己的心境。不过，辛弃疾的上述两首嵌字词不是将特定字词分嵌于各句之中，已属嵌字体的变格了。

前面我们提到鲍照的《建除诗》，它是隔句嵌字，是与每句嵌字的连嵌式相对而言的间嵌式，又因为后世仿作者众，而别称"建除体"。我国古代又有八音诗，把金、石、丝、竹、匏、土、革、木八音的名称，依次冠于每句或每联之首。"建除体"与"八音诗"其实都是嵌字诗，是嵌字诗的分支。

人名诗

奉和鲁望寒日古人名一绝
皮日休

北**顾欢**游悲**沈宋**，
南**徐陵**寝叹**齐梁**。
水边**韶**景无穷柳，
寒被**江淹**一半黄。

——《全唐诗》，中华书局，1999年版

《沧浪诗话》论杂体时，列有人名、卦名、数名、药名、州名五体，谢榛《四溟诗话》又增列曲名、鸟名、兽名、龟兆名、针穴名、将军名、宫殿名等十余体。以上诸体，可合称嵌名诗，也是嵌字诗的一个种类。

人名诗始于唐，权德舆是最早的作者，而晚唐诗人陆龟蒙、皮日休可能是唐代人名诗最后的作者了。

皮日休，字袭美，又字逸少，湖北襄阳人。咸通八年（867）登进士第，次年任苏州刺史崔璞的军事判官，因而结识苏州文人陆龟蒙（字鲁望），以诗相唱和，并自编其唱和之诗为《松陵集》，前面抄录的一首人名诗便是其中的作品。

从诗题《奉和鲁望寒日古人名一绝》可知，先是陆龟蒙写了一首《寒日》诗，诗中散嵌着古代人名，皮日休阅读之后，照样和了一首。陆诗《寒日》如下：

初**寒朗**咏裴回立，
欲**谢玄**关早晚开。

昨日登**楼望**江色，

鱼**梁鸿**雁几多来？

有人解"寒日"为寒食节，错，从诗的内容看应是指初寒之日。玄关，居室的外门；鱼梁，拦截水流以捕鱼的设施，用土石筑堤横断水流，中留水门，置竹架于水门处，拦捕游鱼。第三句里的"江"，当指吴淞江，流经吴江、苏州、昆山、嘉定、青浦等地进入今上海市区；第四句所谓的"鱼梁"也应是建在吴淞江上的；时陆龟蒙卧病笠泽（今苏州吴江），隐居于吴淞江边。陆诗大意是：北方一股寒潮南下，天气骤冷，即使关紧门窗读书吟诗也坐立不安，吴淞江上一片凄凉，只见大雁纷纷南飞越冬去了。全诗四句，各嵌一古人名，依次是寒朗（东汉名臣，曾直言进谏为受诬陷的官员洗清冤屈）、谢玄（东晋名将，淝水之战中任前锋都督）、楼望（东汉经学家）、梁鸿（东汉隐士）。这首诗首先表达了作者的悲秋心绪。晚唐已是王朝末世，自己赴试落第，穷困潦倒，更值西风劲吹，万物萧条，怎能不悲从中来呢？嵌入四个人名，不仅没有妨碍感情的抒发，反而借此曲折暗示自己隐士的身份（如梁鸿）、学问的精深（如楼望）、品格的正直（如寒朗）和对功名的向往（如谢玄）。

陆龟蒙诗只题"寒日"二字，而皮日休饱读经史子集，当然一眼看出所嵌的人名，"奉和"之诗便在题中点出"人名"。

皮日休诗所嵌四个古人名依次是顾欢、徐陵、边韶、江淹。顾欢，南朝齐人，著名道教学者，隐居不仕。徐陵，南朝梁、陈时宫体诗的重要作家。边韶，东汉人，以文章知名。江淹，历任宋、齐、梁三代，亦以文章著名。徐陵曾任尚书左仆射、中书监,边韶曾任尚书令,江淹曾任金紫光禄大夫,都是高官。

皮日休咸通年间北上长安,参加进士考试,虽然处在末尾,毕竟金榜题名,心情是愉快的,故云"欢游"。首句所"悲"的"沈宋",指沈佺期、宋之问,两人都是初唐诗坛的大家,宫廷诗人,对近体律诗的定型、流布作出了重要贡献,却又都为官不正,谄附权贵张易之等,被贬谪荒远之地。即将步入仕途的皮日休,提及沈宋,显然是引以为戒,对宦海险恶有清醒的认识。

本诗的第二句,写自己南下江苏,来到六朝故地,各处遗址陈迹,令人想起宋齐梁陈的统治者竞逐繁华,穷奢极侈,结果相继灭亡的历史教训。

一二两句概写自己北游南下的经历,三四两句回到眼前景象:吴淞江边一望无尽的柳树,在风吹浪打之下,早已枝条枯黄、衰败没落了。这其实是晚唐王朝的写照,联系上文,寓意可知:唐朝不可避免地将重蹈宋齐梁陈的覆辙。

陆龟蒙的《寒日》侧重于为自身遭遇而悲,皮日休的和诗则着重于为国家时局而忧,也包含着对挚友的劝慰:当官未必有好下场,如本朝的沈佺期、宋之问;而徐陵、边韶、江淹虽官运亨通,最终留下的也只是诗文之名声;当今政治态势混乱黯淡,像顾欢那样做个避世的隐士,也是不错的选择。皮日休的奉和诗比陆龟蒙的原唱诗立意更高,旧史说皮日休最后参加了黄巢农民起义军,这与他看透了统治阶级的腐朽和唐朝败亡的趋势有关。在巧妙嵌入古代人名,不但自然稳妥,而且能帮助思想感情的表达方面，皮陆两诗旗鼓相当。

皮陆二人的诗集中，各有一卷《杂体诗》，除人名诗外，还有回文、四声、双声叠韵、离合、六言、问答诸体，可谓洋洋大观。皮日休还写了《杂体诗序》，论述了各类杂体诗的渊源，可以说是继刘勰之后，专题研讨杂体诗的重要文章。由此见得，皮陆两人写人名诗不是一时兴起的偶然之举。

抗战期间，老舍先生在重庆写过一组人名诗，其一如下：

> 大雨冼星海，
> 长虹万籁天。
> 冰莹成舍我，
> 碧野林风眠。

全诗由孙大雨（诗人）、冼星海（音乐家）、长虹、冰莹、成舍我、碧野（四人均作家）、万籁天（剧作家）、林风眠（画家）的姓名组成，无一闲字，表达了这样的意思：日寇入侵，风雨如磐，但最后必定雨过天晴见彩虹，我们要秉持纯正的爱国之心，为抗战胜利而舍生忘死浴血奋斗，不惜英勇牺牲长眠在祖国大地上。老舍先生此诗不是嵌入人名，而是全用人名，应为嵌名诗的变体，并且平仄都符合近体绝句的格律，真不愧是大手笔。

药名诗

登湖州消暑楼

陈 亚

重楼肆登赏，
岂羡石为（**石韦**）廊？
风月前湖（**前胡**）近，
轩窗**半夏**凉。
罾青（**曾青**）识渔浦，
芝紫（**栀子**）认仙乡。
却恐**当归**阙，
灵仙为别伤。

——《宋诗纪事补正》，辽宁人民出版社、辽海出版社，2003年版

神农氏尝百草而发明医药的上古传说，反映了我们的祖先很早就认识到植物的医药功能并加以利用，《诗经》里好些作品描写了民间采药活动，如《芣苢》《卷耳》《采蘩》等（芣苢，车前子；卷耳，苍耳；蘩，白蒿）。五千多味中草药为药名诗的创作提供了广阔的选择余地。

据前人考证，药名诗起自南朝梁，简文帝、梁元帝、庾肩吾、沈约各有一首（《沧浪诗话校释》第105页）。至唐代作者渐多，宋代则已成气候。陈亚是宋代最早写药名诗并有专集传世的大家。

陈亚，字亚之，扬州人，早年父母双亡，跟随舅舅生活。宋真宗咸平五年（1002）登进士第，历知祥符县、於潜县、湖州、越州、润州等，官至司封郎中（一说太常少卿）。《宋

史·艺文志》曾载录陈亚《药名诗》一卷,一百多首,后散佚。《登湖州消暑楼》从首句"肆登赏"推测,当作于其知湖州时,是陈亚药名诗中被点赞最多的一首。

消暑楼始建于唐贞观十五年(641),溪山环列,俯视万井,是"一郡登览胜地",素负盛名,杜牧、顾况都写过关于湖州消暑楼的诗。

陈亚此诗首联先交代自己多次登楼,但不是为了鉴赏楼本身。楼,至少两层,说"重楼",则消暑楼至少三层;该建筑为砖、木、石结构,走廊就用了石材,可知其牢固、美观。"岂羡"一词以反问方式造成悬念,"肆登赏"究竟为什么?读下文方明白,重楼石廊是用来衬托眼前风景的。

第二第三联即写登楼所见景物。先写夜景。消暑楼建在太湖之滨,又是重楼,居高临下,千顷碧波仿佛近在咫尺,清风徐来,月光如泻,令人心旷神怡,而不觉盛夏之闷热——消暑楼当以此得名。再写昼景。罾,用竹竿支架起的渔网;芝,菌类植物,有光泽(老成的灵芝多紫色),既可观赏,又可药用,古人以为仙草,服食可以长生。湖州乃水乡泽国,太湖之外,河流纵横,同时又丘陵起伏,草木茂密,这第三联从夜景转为昼景,又从自然风光转为山水物产。如此秀丽富饶之地,作为知州,陈亚留恋不舍,想到终将离任,不禁生出些许伤感、惆怅。尾联表达的就是这种情绪。归阙,返回朝廷,古代地方官离任后要进京述职,听候新的差遣;灵仙,一种草药。灵仙一作"灵台",前面的"风月"一作"风雨","芝紫"一作"紫芝",我们都依照钱钟书先生《宋诗纪事补正》的版本。"风月"比"风雨"更值得观赏;"芝紫"比"紫芝"更符合平仄格律;而"灵仙为别伤"是拟人手法,湖州的山水草木都将因作者的离去而依依伤别，同样讲得通。

陈亚《登湖州消暑楼》，首联议论，尾联抒情，一前一后衬托了中间两联的写景；而写景又从夜晚到白昼，从自然风光到社会风俗（当地居民靠山泽之利以捕鱼、采药为谋生手段）；夜景一句写视觉，一句写感觉（凉），昼景一句实写，一句虚写（在楼上是看不见山林里的灵芝的）。全诗曲折跌宕，但层次清晰，抓住景物特色，形象鲜明，运用多种表现手法（议论、描写、抒情、反问、铺垫、映衬等）而不露痕迹，洵为佳作。当然，需要特别指出的是：全诗还嵌入了前胡（用谐音假借）、半夏、当归、灵仙等药名，但稳妥贴切，无异于寻常之诗，古人评赞曰"不失风雅（释文莹《湘山野录》卷上）"，"不失诗家之体"（司马光《温公诗话》）。

陈亚还将药名之体从诗移植到词，首创了药名词，流传至今比较著名的是下面这首《生查子·闺情》：

相思意已（薏苡）深，白纸（白芷）书难足。字字苦参商，故要槟郎（槟榔）读（狼毒）。

分明记得约当归，远至（远志）樱桃熟。何事菊花时，犹未回乡（茴香）曲。

全词嵌入十一个药名，"相思""苦参""当归""樱桃""菊花"是药名本字，"意已"（薏苡）"白纸（芷）""槟郎（榔）""郎读（狼毒）""远至（志）""回乡（茴香）"则借用了同音字。这首词的内容是：闺妇思念客居在外的丈夫，便写了一封长信给他，信里每个字都是诉说离别之苦的，希望丈夫读信后深知此情。下片回忆当日分别时，她再三叮嘱，最迟不要超过樱桃成熟（夏季）就回家，可是现在菊花都开了（秋季），为什么还不回家呢？结尾的埋怨、责问，更是思念之深切。全词妙用药名而不牵强生硬，通顺流畅地表达了思妇之闺情，确是药名词的上乘精品。

宋代吴处厚《青箱杂记》卷一曾记载陈亚论药名诗云："药名用于诗，无所不可，而斡运曲折，使各中理，在人之智思耳。"陈亚认为，无论什么药名，都可以入诗，但要将药名巧妙地隐藏在诗句中，并且合乎情理事理，稳妥贴切，是不容易的，需要智慧，需要劳心费神、苦思冥想。这是陈亚写药名诗词的经验之谈。

陈亚能够创作既多又好的药名诗词，还有两个因素值得注意。一是他生性诙谐，二是他娴熟药名。据《湘山野录》《青箱杂记》《渑水燕谈录》等古籍，陈亚好戏谑，有风趣，爱开玩笑，被称为"近世滑稽之雄"。南宋韦居安《梅磵诗话》载：陈亚舅舅姓李，因为是医工，人称"李衙推"。陈亚中举登第，众人误以为衙推中举，都去贺其舅，陈亚赋诗云："张公吃酒李公醉，自古人言信有之。陈亚今年新及第，满城人贺李衙推。"此事此诗可见陈亚其人。这样的性格使他比较重视诗词的娱乐功能，易于选择杂体一类的形式。陈亚少孤，由舅舅抚养，而他舅舅是医生，陈亚自幼耳濡目染，中草药名娴熟于心，写作药名诗词可谓信手拈来，这种天巧浑成是以生活积累为根基的。

藏头诗

游紫霄宫
白居易

洗尘埃道未甞,
于名利两相忘。
怀六洞丹霞客,
诵三清紫府章。
里采莲歌达旦,
轮明月桂飘香。
高公子还相觅,
得山中好酒浆。

——《白居易诗集校注》,中华书局,2006年版

所谓"藏头诗",是全诗各句的头(第一个字)不是明明白白写在句首的,而是藏起来需要寻找的,一般的藏法是,从第二句起,各句的头都藏在上句的尾字中,第一句的头因前面无句可藏,就藏在最后一句的尾字中。

我们来看白居易的《游紫霄宫》。第一句的尾字"甞"是"嘗"(现在简化为"尝")的异体字,可以分解为"尚"和"甘",根据第二句的意思,应该取"甘"字,也就是说,第二句"甘于名利两相忘"的头("甘"字)藏在第一句的尾字"甞"里面。以此类推,那么,"忘"中藏"心","客"中藏"口","章"中藏"十","旦"中藏"一","香"中藏"日","觅"中藏"见",而最后一句尾字"浆"则藏着第一句的头"水"字。如此,全诗把所藏各句之头都找出

来并写出来，应该是：

> 水洗尘埃道未尝，
> 甘于名利两相忘。
> 心怀六洞丹霞客，
> 各调三清紫府章。（"各调"一作"口诵"）
> 十里采莲歌达旦，（"十"一作"早"）
> 一轮明月桂飘香。
> 日高公子还相觅，
> 见得山中好酒浆。

诗题中的"紫霄宫"，当是一道教的宫观；诗句中的"三清"指道教所谓的玉清、上清、太清三种境界，"六洞""紫府"指道士或神仙居住的地方，"丹霞"指传说中仙人服用的饮料"丹霞浆"。

紫霄宫坐落在清新、幽静的山林里（从末句"见得山中"可知），远离喧嚣的集市，道教宫观大抵如此；仿佛用水洗刷过的洁净环境充满超尘脱俗的意味，让人心旷神怡，名利两忘。诗的首联写初到紫霄宫的感受。颔联写进一步的游览、参观。作者阅读道教的经典著作，聆听道士的修炼故事，不禁心驰神往。当天，作者留宿紫霄宫，入夜，明月高悬，丹桂飘香，山下的农家妇女借着明亮的月光下湖采莲，劳动的歌声此起彼伏，随风传来。这是颈联描述的内容。白居易此番游紫霄宫应该在中秋前后，我们从"一轮明月桂飘香"可知。既然听歌"达旦"，说明作者虽然未必通宵未眠，至少是入睡不深，所以第二天"日高"方起，起来后继续在山里游玩，寻幽探胜，惊喜地发现山中也有好酒。全诗至此戛然而止。接着写下去，恐怕是开怀畅饮、一醉方休了。

白居易的这首藏头诗,描述了自己游紫霄宫的经历,从初到、游览、住宿,最后离开,主要表达了求仙问道的思想,但老白毕竟不是此道中人,诗的颈联已悄悄转向世俗生活,过渡到尾联,更是难舍杯中之物,"未能免俗"了。《游紫霄宫》是一首七律,对仗工整,起承转合自然流畅,语言文字平易通顺,体现了白居易诗歌的一般特点,全诗并没有因为运用了藏头诗格式而显得牵强生硬。好的藏头诗就应该这样,本身是一首好诗,运用了藏头方法又娴熟自如,可以增添一层曲径探幽的雅趣,而不是本末倒置,为藏头而粗制滥造。

《水浒传》第六十一回有吴用题卢俊义宅中诗:

芦花丛中一扁舟,
俊杰俄从此地游。
义士若能知此理,
反躬逃难可无忧。

不少人认为四句诗的句首暗藏"卢俊义反"四字,所以是藏头诗。这是误解。藏头二字的语法关系是动宾结构,不是动补结构,是把头字藏起来,不是藏在头字里。吴用题卢宅诗,是将特定的四个字镶嵌在四句诗的句首,应该是嵌字诗。

前面介绍的《游紫霄宫》是我们现在所能看到的最早的藏头诗,白居易之后,历代都有人创作藏头诗,还有藏头词。下面是一首无名氏填写的藏头词:

心绪悠悠随碧浪,**良**宵空锁长亭。**丁**香时结意中情。**月**斜门半掩,**奄**弄听钟声。

耳畔盟言非草草，十年一梦堪惊。马蹄何日到宸京？
小桥村径密，山远路难凭。

这首词，"浪"中藏"良"，"亭"中藏"丁"，"情"中藏"月"，"掩"中藏"奄"（奄，通"暗"），"聲（声）"中藏"耳"，"草"中藏"十"，"驚（惊）"中藏"马"，"京"中藏"小"，"密"中藏"山"，从第二句起，各句的首字都隐藏在上句的尾字中，而第一句的首字"心"则藏在最后一句的尾字"憑（凭）"中，把所藏各句的首字都找出来写出来，就是一首完整的《临江仙》词。显然，这是一首思妇词，抒发了独守空房的闺妇对羁旅他乡的良人的深切思念和早日归来团聚的殷切期盼，作者在今昔言行的对比中，在山远路险的想象中，把思妇之情表达得缠绵悱恻、曲折生动。它首先是一首好词，加上藏字技巧的妙用，就是一首好的藏头词。

需要进一步指出的是，所谓"藏头"，其实是藏字，把一个字藏在另一个字里面，前后两个字在形体结构上是局部与整体、包含与被包含的关系，也就是说，后一个字（前一个字的藏身之所）应该是合体字，至少在形体上是可以分解的，这样，藏字与拆字就有一定的内在联系了，藏头诗与拆字诗是有相通之处的。

还要指出的是，古代汉字不少已经简化了，我们今天展示藏头诗、拆字诗，所涉及的字往往须写繁体字，乃至异体字，否则无法分析、说明。

歇后诗

长 陵
唐彦谦

长安高阙此安刘,
祔葬累累尽列侯。
丰上旧居无故里,
沛中原庙对荒丘。
耳闻明主提三尺,
眼见愚民盗一抔。
千载腐儒骑瘦马,
渭城斜月重回头。

——《全唐诗》,中华书局,1999 年版

部分句子甚至全部句子运用歇后语的诗,叫作歇后诗。歇后诗是与藏头诗对称的一种杂体诗。

歇后是汉语的修辞方式之一。歇后语由前后两部分组成,前言说出之后,或停顿,或停止,停顿者前后言并现,如"芝麻开花——节节高",停止者后文省略,只以前言示义,如"和尚打伞",表示"无法(发)无天"。

歇后语通常是成语、熟语、经典中的词语,这样,即使后半句隐去,大家仍能理解。歇后语早在东汉时期就已产生;歇后语在诗歌中的运用则始于东晋,到唐代已很流行,著名诗人骆宾王、卢照邻、陈子昂、高适、杜甫等都作过尝试。

唐彦谦作为唐代诗人并不出名,但他妙用歇后语的《长

陵》诗却很有名。

长陵是刘邦的陵寝,位于咸阳原上,北依九嵕山,南临渭水,气势雄伟,规模宏大。整个陵区由陵园、陵邑和功臣陪葬墓三部分组成。《长陵》诗的首联即叙写刘邦陵墓的高大和陪葬功臣的众多。

刘邦是徐州丰沛人,公元前195年,刘邦衣锦还乡,宴父老,唱《大风歌》。当时在沛城南建了行宫,称沛宫。刘邦去世后,他儿子汉惠帝刘盈下令改沛宫为高祖原庙,并亲临故里拜祭。在正庙以外另立的宗庙称"原庙",刘邦原庙乃我国古代原庙之首。柳宗元曾写过《汉高祖原庙铭》,估计中唐时汉高祖原庙仍具规模,而唐彦谦为唐朝末年并州晋阳(今山西太原)人,他所看到的刘邦家乡的故居、原庙已是一片荒凉了。唐彦谦另有《南梁戏题汉高庙》诗,可知他是到过徐州丰沛,见过刘邦原庙的,《长陵》颔联两句当是写实。

颈联是全诗最精彩的部分。一是用典。《史记·高祖本纪》载刘邦曰:"吾以布衣提三尺剑取天下,此非天命乎?"又,《汉书·张释之传》记载:"假如愚民取长陵一抔土,而陛下何以加其法乎?"显然,颈联两句正分别出自《史记》和《汉书》的上述两条记载。二是歇后。诗人此处停止不说的是"剑"和"土",但想突出的却不是这两个字,而是要强调原话的整体意思,即提三尺剑取天下,和村民盗挖坟上土。这样就派生了第三个亮点:对比。当年刘邦提剑起兵,攻入咸阳,推翻秦帝,打败项羽,建立汉朝,威加海内,是何等不可一世;现如今,自己坟上之土也只好任人盗挖,一代明主早已风光不再。应该说,本诗的首联写长陵之宏大，颔联写原庙之荒芜，两联之间已经形成对比，而颈联则一联之内又成对比，两重对比突出的是昔盛今衰，而昔日之盛更是为了反衬今日之衰。

尾联内涵丰富。它交代了作者凭吊长陵之后骑马离开，又不禁频频回头，遥望月夜之渭城；刘邦生前多次斥责身边文人为"竖儒""腐儒"，千载之后的唐彦谦屡试不第，穷困潦倒，所以尾联包含着作者的自嘲；诗中"渭城"代指咸阳、长安，是秦、汉、唐三朝的国都，唐高祖李渊，唐太宗李世民，难道不是"提三尺剑取天下"的吗？但作者生活的年代，大唐王朝不可挽回地衰落了，作者去世十余年唐朝就灭亡了，尾联寄寓着作者沉重的感慨与忧思，这正是作者一去而"重回头"的原因。

《长陵》一诗怀古讽喻，今昔对比，立意深远，再加颈联两句妙用歇后语，因而备受瞩目，不少古籍反复论及。歇后语在诗歌中的运用，最初往往一首诗里只用一句，唐彦谦用了两句，虽非首创，却是少见；并且这两句诗，用典贴切、恰当而对仗工稳；貌似诙谐、风趣，与"千载腐儒骑瘦马"的自嘲相吻合，却是"强颜欢笑""黑色幽默"，反衬了作者的国事之忧。

唐以后，歇后诗中用歇后语的句子数量明显增加，出现了一半诗句乃至全部诗句用歇后语的作品。如宋代石延年的一首七绝：

> 无才且作三班借，
> 请俸争如录事参。
> 从此罢称乡贡进，
> 且须走马东西南。

诗中"三班借""录事参""乡贡进""东西南"都是歇后语，作者停止未说的是"职""军""士""北"四字。这首诗要表达什么意思呢？据沈括《梦溪笔谈》记载：石延年考中进士，有人举报科场舞弊，于是重新考试，结果原中进士者数人落榜，石延年即其中一个，凡再考落榜的都被追回"文凭"和官服，众皆泣，独石不然。第二天，再考落榜者又均授"三班借职"。三班借职是宋代武臣的最低官职，分东、西、横三班。"录事参军"为古代军事长官的属员。全诗是说，因为没有文才所以只能充当最低武职，薪俸还不如录事参军，从此不能算进士（文官的任职资格），并且还要东西南北四处值班。

石延年是北宋文学家、书法家、诗人，其文才名重一时，但是科举之路却坎坷曲折，阴差阳错地被授最低武职（后官至太子中允、秘阁校理），起先"耻不就"，经朋友劝说，为赡养老母，不得已而充当。他为人正直，谈吐幽默。由此可知，上引石延年歇后诗乃其自嘲和愤世嫉俗之作。

谐谑幽默是古代歇后诗的一般风格，固然存在游戏、娱乐、开玩笑一类文字，但也不乏唐彦谦、石延年那样的讽喻深刻、美刺尖锐的佳篇，这需要我们仔细分辨。

大言诗

[仙吕] 醉中天·咏大蝴蝶
王和卿

挣破庄周梦,两翅驾东风。三百座名园、一采一个空。难道风流种,唬杀寻芳蜜蜂。轻轻的飞动,把卖花人扇过桥东。

——《全元散曲》,中华书局,1964年版

所谓"大言体",是指通篇以非常夸张的语句极言事物之大的写法,即夸大到极致,且运用于全篇。大言体的始见作品是冠名宋玉的《大言赋》,如果属实,早在战国时期大言体就诞生了。读《庄子》可知,庄子好为大言,善为大言,与宋玉一样,也是战国时人,故宋玉作《大言赋》未必不可能。而诗歌中的大言体脱胎于《大言赋》则无争议。

李白诗云:"白发三千丈,缘愁似个长","燕山雪花大如席","黄河之水天上来";杜甫诗云:"霜皮溜雨四十围,黛色参天二千尺","吴楚东南坼,乾坤日夜浮"。夸张乃诗歌常用的修辞方式,李、杜上引诗作妙用"大言",但尚不成其"体",须全篇皆"大言",方为大言体诗。而通篇大言,又非常规,故列于杂体。古代大言体诗、词、曲都有,我们这里选了一支元代散曲。

王和卿,大名(今属河北)人,约与关汉卿同时而先关而卒,是元前期散曲的代表性作家,风格滑稽佻达。

《咏大蝴蝶》首句用"庄周梦蝶"的典故(《庄子·齐物论》)。庄子做梦,自己幻化为栩栩如生的蝴蝶,愉快惬

意,竟忘了自己原来是人,梦醒后才发觉自己仍然是庄周。迷蒙之际,究竟是庄子梦中变为蝴蝶,还是蝴蝶梦中变为庄子,实在难以分辨。庄子以此探讨"物化"问题,通过相对主义追求精神上的绝对自由。王和卿用此典,只是说这只大蝴蝶是从庄子梦里飞出来的,给它抹上一层虚幻神秘的色彩,同时也夸张了蝴蝶的力量之大——能挣脱古人梦境的束缚,实现超时空的"穿越",定具有一股非凡神奇之力。第二句写形体之大。驾驭浩荡东风凌空翱翔的翅膀,想必"若垂天之云"(庄子形容鲲鹏之翼)。接着几句则写蝴蝶采花寻芳功能之大。名园广植奇葩异卉,"三百"非确数,极言其多,而"一采一个空",能量之大可知。"唬"字这里读xià,同"吓"。蜜蜂专司采取花蜜之职,乃其天性所然,一窝蜂几百上千,辛勤劳作阳春三月,收获稍微可观,而大蝴蝶居然三百名园一采而空,难怪蜜蜂惊恐不已。最后两句,重复地、总结性地再现蝴蝶形体、力气、能量之大,只"轻轻飞动",双翅拍击形成的旋风,便将卖花人吹到了河对岸。

据元人陶宗仪《辍耕录》记载:"大名王和卿,滑稽佻达,传播四方。中统初,燕市有一蝴蝶,其大异常。王赋'醉中天'小令'挣破庄周梦'云云。由是其名益著。""中统"是元世祖忽必烈的年号,从1260年至1264年。"燕市有一蝴蝶,其大异常"之事,也许是王和卿本散曲写作的由头或契机。至于其立意,则有多种理解。一曰"借咏大蝴蝶,对关汉卿的寻芳采花的风流生活进行善意的戏谑";一曰"是给当时那些任意污辱妇女的'花花太岁'、权贵人物画像";一曰表现"作者放浪形骸的人生态度";一曰表现作者疏放的个性和"昂扬的气魄","写得很有精神";等等。此类纯用隐喻、象征手法的古代咏物之作,主旨有的很难把握,也不必具体坐实,见仁见智可也。

王和卿另一首大言体散曲《[双调]拨不断·大鱼》,旨意就比较明确。

> 胜神鳌,夯风涛,脊梁上轻负着蓬莱岛。万里夕阳锦背高,翻身犹恨东洋小。太公怎钓?

据《列子·汤问》,渤海仙山原随风涛浪潮沉浮飘移,天帝命十五只巨鳌轮班载山,而此大鱼却远胜巨鳌,背负蓬莱很轻松;在夕阳万里的广阔洋面上,只见鱼背不见首尾,转身掉尾尚嫌东洋狭小。作者描写一条力大无穷、形大无比之鱼,借以表现自己远大的抱负和不受利禄引诱而上钩的志向,是大言体的成功作品。

大言体诗兴起于南朝。齐之沈约(沈约历仕宋、齐、梁三朝)、梁之萧统都有诗作留存,且题目均标明"大言"。萧统不仅自己带头写,还要求门下文士也来写,对大言这一杂体的推广起到一定作用。此后历代都有大言诗,只是佳构精品不多,这也是我们选择元散曲来谈大言体的原因。

20世纪50年代末一首新民歌传播甚广:

> 稻堆堆得圆又圆,
> 社员堆稻上了天。
> 撕片白云擦擦汗,
> 凑上太阳吸袋烟。

这应该属于当代大言体诗。虽然它是当年浮夸风、"大跃进"的产物,但比之同时那些公式化、概念化、标语口号式的"民歌",这首诗写得比较形象、生动。

小言诗

细言应令诗
沈 约

开馆尺棰余，
筑榭微尘里。
蜗角列州县，
毫端建朝市。

——《艺文类聚》，文渊阁《四库全书》本

庄子既善为大言，如《逍遥游》形容鲲鹏之大，也善为小言，如《则阳》形容触蛮之小："有国于蜗之左角者曰触氏，有国于蜗之右角者曰蛮氏，时相与争地而战，伏尸数万，逐北（追击败兵）旬有五日（十五天）而后反（同'返'）。"宋玉既有《大言赋》，也有《小言赋》："无内之中，微物潜生。比之无象，言之无名，蒙蒙灭景，昧昧遗形……"与大言诗一样，小言诗这种杂体也是深受《庄子》影响，而脱胎于宋玉之赋。与大言诗一样，小言诗也是将夸张的修辞方式运用到极端，区别在于大言体极言事物之大，小言体则极言事物之小。

例诗的标题需要作点解释。"细言"者，小言也；小言诗又称细言诗、微言诗，细和微在这里与小是同义词。"应令"，奉太子之命。在我国古代，奉皇帝之命写的诗叫"应制诗"，奉太子之命写的诗叫"应令诗"，奉诸王之命写的诗叫"应教诗"。沈约写此诗时的太子即梁昭明太子萧统，是梁武帝萧衍的长子，自小好学，善诗赋，曾招聚文士编辑《文选》三十卷,上自周代、下迄梁朝,为我国现存最早的文章总集。今所见古代第一批大言诗、小言诗,都是由萧统率先创作以为号召,臣下"应令"跟着写成的。

作者沈约也须作点介绍。沈约(441—513),字休文,吴兴武康(今浙江德清)人。历仕宋、齐、梁三朝,因助梁武帝登基,官至尚书令。他主张严格区分士族和庶族,维护封建门阀制度,在政治上是保守的,但在文学上(主要是诗歌上)却有一定的立新之功,他的四声八病之说和与谢朓、王融等人的"永明体"诗,对五言古体诗向律诗的转变起到了促进作用。

沈约此诗首句用典。《庄子·天下》曰:"一尺之棰,日取其半,万世不竭。"棰,短木棍;一尺长的短木棍,每天截取一半,一百万年也取之不尽。日取其半而经万世(一百万年),则尺棰之余便极屑小了。"尺棰余"和"微尘里"都是非常细微的空间,在其中设置房舍、建造楼台,体积当然更加微乎其微。

第三句的"蜗角",也是出自《庄子》的语典。第四句的"毫",是人或鸟兽身上的细毛。在蜗牛角上划分州县区域,在细毛尖端设立朝堂市场,这与前两句相同,也极言事物空间、体积之小。

沈约此诗在艺术上是成功的。它把夸张("小言"按修辞属性也是夸张,与"大言"只是夸张的向度不同)的修辞方式发挥到极致,运用于全篇,是标准的小言体诗;四句皆五言,已经注意字声的平仄,句式的变化和词语的对仗(第一二两句之间语句对偶,第三四两句之间语句也对偶,但前两句与后两句的句式则不一样),初具格律诗的雏形。而萧统及臣下写的小言诗，有的通篇四言（如张缵），有的通篇六言（如萧规），有的五五六六（如萧统），有的四六四六（如萧锡），明显带着辞赋的痕迹。再者，沈约用了铺垫手段，棰余、微尘、蜗角、毫端已是小而又小，在其中开馆、筑榭、列县、建市就更是微乎其微了，作者以微小衬托更小，效果颇佳。遗憾的是，沈约此诗没有什么意思。他一诗而两次援用《庄子》之典，却全无庄子小言寓言之寓意，仅摹其象而已。沈约诗整体上风格浮靡，着力雕饰，注重形式而忽视内容，这首《细言应令诗》缺乏思想性，不是偶然的失手。

我国古代杂体诗中还有难言诗、易言诗，合称难易言诗（大言诗、小言诗合称大小言诗）。难言诗极言成事之难，易言诗极言成事之易，如宋代苏舜钦的《难易言效韦苏州二首》：

> 拟把铅刀伐丹桂，
> 欲坐眢井攀青天。
> 排罗婴儿拒九虎，
> 未若以道干贵权。
>
> 地上拾芥亦细碎，
> 掌里数文犹苦辛。
> 脱使摘丸下峻坂，
> 未若以财而发身。

诗题中的"韦苏州"指唐代诗人韦应物，曾任苏州刺史。现存古代难易言诗以韦应物所作最早。眢井，枯井。排罗，排列。九虎，王莽封的九个将领，都以虎为号，时称"九虎"，后以喻凶猛的军队。干贵权,冒犯权贵。脱使,倘使。摘丸,投丸。以财发身,施舍钱财而成就令名清誉。

前一首难言诗,以铅刀伐桂、坐井攀天、婴孩抵抗劲旅作衬托,突出以正道冒犯权贵之难。苏舜钦曾因主张改革弊政、得罪权臣而被削去官职。后一首易言诗,以拾草芥、数掌纹、投丸下陡坡为铺垫,突出施财济困善举之易。

比较阅读可知,难易言诗与大小言诗相类,也是用夸张的修辞方式极言事物,只是夸张的程度似乎略逊一筹,此杂体或许是受大小言诗的启发而派生出来的。

谜语诗

谜语诗

解落三秋叶,
能开二月花。
过江千尺浪,
入竹万竿斜。(李峤)

无影无踪过树梢,
折断池边柳枝条。
天井院中尘土起,
扬子江心卷浪涛。(祝允明)

梧桐院里听潇潇,
凉尽开轩竹影摇。
山径卷来黄叶满,
漫天撑起白云篙。(唐寅)

上面三首诗联系着一个可谓佳话的传说:明代吴中才子唐伯虎与祝枝山某日相约赴灯会(我国宋代起流行猜灯谜,把谜语贴在灯上悬挂起来,让大家观看和竞猜,多在节日夜晚举行),需要乘船渡河,艄公听说后,先出一诗谜,即初唐诗人李峤所作,刚吟罢,祝、唐二人已知谜底,先后各赋诗一首,以诗解谜,三首谜语诗的谜底都是"风"。艄公哈哈大笑,免费让两位才子摆渡过河去参加猜灯谜。

秋风萧瑟扫落叶，春风送暖催花开，江面上风大则浪高，竹林里风过而竿摇，李峤把看不见摸不着的风，通过它所产生的效果间接地加以描述，构成谜面。祝枝山采用相同的方法，以折断枝条、吹起尘土、卷起波涛三种现象来描述风。唐寅是从四个不同角度来写的，首句从听觉写，次句从视觉写，第三句写地上，第四句写天上，前面两句是近景，后面两句是远景。结尾一句作者是借云写风，风与云紧密相关，所谓"风起云涌"是也，在风力大、风速快的时候，天空的云朵也急剧飘移，就像撑篙滑行猛进的小船一样，这句虽然有点费解，却是比较生动形象的。

谜语在我国古代是文人、白丁雅俗共赏，大众喜闻乐见、积极参与的游艺活动和智力竞赛。谜语出现很早，"祖师爷"是西汉的东方朔。谜语分字谜和物谜两大类；约从明代起，一则正规的谜语一般由谜面、谜底、谜格组成。谜格是由谜面猜谜底的提示语，如玉带格、燕尾格、徐妃格、卷帘格、秋千格等等；谜语诗无所谓"格"，只是以诗词来作谜面，谜语诗是谜语的一种形式，又是诗歌的一种杂体。

我们读了三首物谜诗，再来看一首字谜诗：

闭朱户不见郎才，
问佳音有口难开。
倚阑干东君去也，
闷无心手托香腮。

"闭"字去"才"为"门"，"问"字去"口"为"门"，"阑"（古亦写作"阑"，"东""柬"形近）字去"东"为"门"，"闷"字去"心"为"门"，谜底就是"门"字。这是一诗四句打一字，下面是一诗四句打四字：

> 世事悠悠无了期,
>
> 一生好歹都由伊。
>
> 纵然金玉如山积,
>
> 不及蟾宫折桂枝。

谜底是"长命富贵"。

有人说物谜诗与咏物诗很难区分,并以于谦的《石灰吟》为证:"千锤万凿出深山,烈火焚烧若等闲。粉骨碎身全不怕,要留清白在人间。"全诗通过对石灰制作过程的拟人化描写,来表达自己的志向。第一句写开采,把石灰岩凿开打碎,运出深山;第二句写煅烧,将石灰岩投入窑中烧成生石灰;第三句写化粉,通过水的浸泡,使生石灰爆裂、解体,化成粉末状的熟石灰;第四句点题,锤的打击、火的考验、水的洗礼我都不怕,只想把自己清白的本色长留人间。

仔细阅读物谜诗与咏物诗,可以见得,物谜诗对物的描述是冷静的、客观的,而咏物诗则往往托物言志,主观因素、感情色彩比较强烈,两者的差别还是明显的。

古代民间艺人写过这样一首物谜诗:

> 长在深山窝,
>
> 从小嫁个打鱼哥。
>
> 想当年青丝满头,
>
> 到如今绿少黄多。
>
> 不提起倒也罢了,
>
> 提起来泪洒江河。

谜底是"船篙",应该说是比较巧妙和贴切的。据传,某年某日,柳亚子、刘半农和苏曼殊等人泛舟西湖,笑谈中,苏曼殊口占一诗：

> 想当年绿鬓婆娑，
> 自归郎手，青少黄多。
> 受尽了多少折磨，
> 历经了多少风波。
> 莫提起，提起来清泪洒江河。

苏曼殊很可能借鉴了古代打"船篙"的物谜诗，而作了修改、增删，把原诗开头两句压缩为"自归郎手"半句，增加了受尽折磨、历经风波两句，语句更精炼而内涵更丰富。当时同游诸人点赞是好诗也是好谜，但以笔者看来，苏曼殊此诗与其说是物谜诗，不如说是咏物诗，因为它的感情色彩比原诗强烈得多，尤其是增加的那两句，全诗表达出渔家妇女在旧社会的苦难与酸辛，可谓借物代言之作。

风人体

竹枝词二首（其一）
刘禹锡

杨柳青青江水平，

闻郎江上唱歌声。

东边日出西边雨，

道是无晴还有晴。

——《全唐五代词》，中华书局，1999年版

唐穆宗长庆二年（822）正月，刘禹锡任夔州刺史。夔州是《竹枝词》的故乡，据刘禹锡《竹枝词九首引》介绍，这是一首以笛、鼓伴奏，同时起舞的民歌。刘禹锡写的《竹枝词》有两组，一组是九首，另一组是两首，我们这里选的是两首中的一首。《竹枝词》"含思宛转"（《竹枝词九首引》），抒情意味浓厚，多用以歌唱爱情和抒发愁绪，"杨柳青青"一首就是描写初恋少女又喜又疑的复杂心理的。作者全从少女角度运笔。先写她眼前所见。江边杨柳青枝绿叶，低垂轻拂，江中流水丰裕充沛，风平浪静，这应该是南方夏季的景象吧。再写少女所闻。远处传来熟悉的歌声，那小伙边走边唱，是不是正沿着江岸走近自己（唱歌，一作"踏歌"）？我国西南地区，青年男女恋爱之时，常常用唱歌来表情达意。诗的三、四句刻画少女闻歌之后的心理活动。姑娘早就暗恋这唱歌的小伙，但对方还没有明确的态度，今天他唱着歌走过来，或许是要有所表白；唉，这个人啊，就像黄梅时节晴雨变幻的天气：说是晴天吧，

西边还下着雨；说是雨天吧，东边又出着太阳，真让人捉摸不定。"东边日出西边雨"是南方黄梅时节特有的景象，作者巧妙地利用"晴""情"谐音的关系，把天气的晴雨不定与小伙的态度不明联想起来，生动形象地表现少女的欣喜与疑虑、期盼与担忧的初恋心理。

刘禹锡这首《竹枝词》就是"风人体"。

严羽《沧浪诗话》论述杂体诗，第一种就是"风人"。原书小注云："上句述其语，下句释其义，如古《子夜歌》《读曲歌》之类，则多用此体。"这为我们理解风人体提供了重要的帮助。

六朝民歌中的《子夜歌》有"雾露隐芙蓉，见莲不分明"，"芙蓉"与"夫容"、"莲"与"怜"谐音双关；"桐树生门前，出入见梧子"，"梧"与"吾"谐音双关；"明灯照空局，悠然未有棋"，"棋"与"期"谐音双关；"风吹合欢帐，直动相思琴"，"琴"与"情"谐音双关。《读曲歌》有"石阙生口中，衔碑不得语"，"碑"与"悲"谐音双关；"朝看暮牛迹，知是宿蹄痕"，"蹄"与"啼"谐音双关；"余光照已藩，坐见篱日尽"，"篱"与"离"谐音双关；"画背作天图，子将负星历"，"星"与"心"谐音双关。

根据严羽的解释，分析《子夜歌》《读曲歌》的上引诗句，我们可以归纳出构成风人体的两个条件：一是利用汉语多同音词、近音词的特点，使用一个词语而同时关顾两个不同事物，即谐音双关；二是上下两个句子，上句借引他语，下句申释本意，也就是以下句解释上句，两句合成一个完整的意思。

需要说明的是，双关除了谐音双关外，还有音形双关和音、形、义三方面都能双关的语词（详见陈望道《修辞学发凡》），而诗歌中的双关，主要是谐音双关。刘禹锡的《竹枝词（其一）》里的"晴"字，就是双关辞，它既关顾天气晴雨的晴，又关顾小伙情感的情，"晴""情"谐音；并且"东边日出西边雨"是即景取喻，"道是无晴还有晴"是解释上句的，两句合成一个意思，利用"晴""情"谐音而表里双关——诗句暗藏着作者的本意。

这类诗为何以"风人"命名呢？郭绍虞《沧浪诗话校释》注曰："风人云者，谓其体从民歌中来。"朱熹《诗集传》这样注释《诗经·国风》："国者，诸侯所封之域；而风者，民俗歌谣之诗也。"十五国风，就是产生于不同地方的民歌。我国上古时代有采诗之制，一直延续到周朝，通过王官采诗、各地献诗、太师（乐官）陈（展示）诗等各种渠道收集民间歌谣，以观民情风俗。"风"是民歌，采诗官因此被称为"风人"，即采风之人。唐以后，"风人"又指民歌中的一种体裁。清代翟灏撰写的《通俗编》卷三八云："六朝乐府《子夜》《读曲》等歌，语多双关借意，唐人谓之'风人体'，以本风俗之言也。"

在盛唐李杜王孟之后，中唐诗人在诗歌创作上继续不断探索，韩愈标榜学古，以文为诗，白居易倡导新乐府运动，李贺追求新颖诡异的境界，刘禹锡则十分注意向民歌学习。永贞革新失败以后，刘禹锡长期被贬谪偏远州县，客观上有了较多接近人民群众的机会，特别是任职巴山楚水期间，他受屈原"居沅湘间，其民迎神，词多鄙陋，乃为作《九歌》，到于今荆楚鼓舞之"的启发，比较自觉地学习《竹枝词》，从巴渝民歌中汲取丰富营养，在诗歌创作方面获得了新的成果。

应该说，谐音双关、借物指意的写法，不仅古代《子夜歌》《读曲歌》大量运用，其他古代民歌里也很常见；不仅古代民歌常用，现当代民歌也不乏其例。如广西民歌《塘中藕断丝不断》：

> 人讲我俩情意断，
> 本来丢断有两年。
> 塘中藕断丝不断，
> 藕丝不断又来连。

一对青年情人，可能因为家庭的反对或者其他客观因素的阻碍，不得不暂时中止往来，但这是表面现象，在他俩的内心深处，爱情之火依旧燃烧，等到时机成熟，他们又恢复了恋爱关系。诗中的藕、丝、连，分别谐音双关偶、思、恋，形象地表达了他们恋爱过程的波折和两人对爱情的坚持、守望。

再如歌剧《刘三姐》中的一段唱词：

> 哥相思，
> 哥有真心妹也知。
> 十字街头卖莲藕，
> 节节空心都是丝。

这段唱词十分精彩。第一二句主要写"哥"，小伙子是"真心""相思"，而"妹也知"三字转到下一层，这是过渡，第三四句主要写"妹"自己，她同样对小伙子充满爱恋之情，这里的"丝"就是双关之词，既指藕丝，又谐音指相"思"。此外，"十字街头"多歧路，需要选择，而姑娘的选择在第四句表现："藕"是"空心"的，却都是思念，"空心"与上面的"真心"又前后照应。

藁砧体

藁砧诗

古乐府

藁砧今何在?

山上复有山。

何当大刀头,

破镜飞上天。

——《〈沧浪诗话〉校释》,人民文学出版社,1961年版。

藁砧体因古乐府中无名氏的这首《藁砧诗》而得名。藁,亦作"藳",同"稿",稻、麦的茎秆,这里指草席。当代有些书籍引用这首古诗时,把"藁"字写成"蒿"或"槁",是错误的。

唐代文人吴兢的《乐府古题要解》对《藁砧诗》作过解释:"藁砧今何在","藁砧",铁也,问夫何处也。"山上复有山",重"山"为"出"字,言夫不在也。"何当大刀头",刀头有环,问夫何时当还也。"破镜飞上天",言月半当还也。

我们在吴兢解释的基础上再作详细分析。古代处死刑,犯人腿跪于藁(草席),头伏于砧(垫在底下的器具),刽子手以铁(铡刀)斩其头,藁、砧、铁是三件一套的斩首刑具。诗的第一句只说藁、砧,不提铁,是歇后藏词的修辞方式,如同以"友于"藏"兄弟",以"周余"藏"黎民"一样(陈望道《修辞学发凡·藏词》);而"铁"与"夫"同音。这样,借助歇后、谐音的手法,"藁砧"实际所指的是丈夫。诗的第二句用拆字的修辞方式,"出"可分解为两个"山"字,两个"山"字组合起来便是"出"。古代长柄大刀的头部往往装饰若干铁环,舞动大刀则铁环铮铮作响,诗的第三句先用借代的修辞方式,以"大刀头"代"环",属于以事物的所在代替事物一类;而后又通过"环""还"谐音来表示回家的意思。诗的第四句是以破镜比喻半个月亮,再由半个月亮衍生出半个月时间。全诗是两组问答:丈夫在哪里?外出了。什么时候回来?半个月左右。如此简单的对话,却被歇后、拆字、谐音、借代、比喻、衍义等多种修辞方式遮盖得晦涩难懂;《沧浪诗话》原注在引录《藁砧诗》后注曰"僻辞隐语也";所以,藁砧体又叫隐语诗。

《藁砧诗》是东汉乐府民歌,南朝齐梁文学理论家刘勰《文心雕龙·谐隐篇》所云"遁辞以隐意,谲譬以指事",是对《藁砧诗》一类创作手法的概括。典范作品产生较早,理论概括也不晚,但好的藁砧体诗却很少。我们再来看唐朝温庭筠的一首七绝:

> 井底点灯深烛伊,
> 共郎长行莫围棋。
> 玲珑骰子安红豆,
> 入骨相思知不知?

诗的第一句字面看是个歇后语:井底点灯——深烛;而"烛""嘱"谐音,便借"烛"为"嘱","深嘱伊"就是深深地依恋他的意思。"长行"是古代博戏双陆的名称,诗的第二句双关,借博戏"长行"之名寓男子长距离远游,又借"围棋"寓"违期",是说你外出远游不要超过我们约定的期限。博戏要用骰子,骰子上有红点表示数目,诗的第三句设想以红豆嵌入骰子表数。红豆又名"相思",骰子是用骨头做的,"骰子安红豆"就是"入骨相思",诗的第四句再次用歇后与双关的手法,表达女子对郎君的相思之情。温庭筠这首七绝同样是"遁辞以隐意,谲譬以指事"的。

苏轼有一组诗《席上代人赠别三首》(《苏轼诗集》中华书局,1982年版,第455页),约写于宋神宗熙宁六年(1073),其中第三首是杂体诗:

> 莲子劈开须见臆,
> 楸枰着尽更无期。
> 破衫却有重逢处,
> 一饭何曾忘却时。

北宋末学者赵次公逐句注释此诗,说:莲心曰薏,"须见臆"是"以薏言之";楸枰是棋盘,"更无期"是"以棋言之";"重逢处"是"以缝绽之缝隐之";"忘却时"是"以匙匕之匙隐之"。赵次公的注释指明苏轼此诗是通过谐音双关"借字寓意",属"吴歌格"。而清代学者邵长蘅则进一步认定苏轼这首诗是风人体,并举古乐府《子夜歌》《读曲歌》作比较论证。

清代学者查慎行却认为,《子夜歌》《读曲歌》以及皮日休、陆龟蒙模仿的作品,"皆以下句释上句",而"东坡'莲子劈开须见臆',是文与释并见于一句之中",因此,苏轼的《席上代人赠别(其三)》不是风人体,而是藁砧体。

我们认为,查慎行的观点和分析是正确的。风人体与藁砧体都出自古乐府诗,都用了谐音的双关手法,但两者虽非迥异,却存微殊,须仔细辨别,不可混为一谈。

另外,苏轼《席上代人赠别(其三)》当代版本很多,应以中华书局1982年版为准,时贤注释也多,应以查慎行所说为准。

程式类

集句诗

苏　州
文天祥

嵯峨阊门北，
朱旗散广川。
控带莽悠悠，
惨淡陵风烟。

——《文天祥全集》，江西人民出版社，1987年版

截取前人一家或数家的诗句，拼集而成一首诗，叫作集句诗。

南宋民族英雄文天祥，起兵抗元失败之后，在大都监狱里常诵杜甫诗以自娱。元世祖至元十七年（1280），他采用杜甫诗句拼集成两百首五绝，记录抗元斗争的"世变人事"，这就是著名的《集杜诗》。《苏州》是其中第五十四首。

《苏州》诗有一段小序，简要叙述自己率勤王义军到杭州，被任为知平江府，出守吴门，又奉命回救临安，而姑苏陷落的史实。

诗的第一句采自杜甫的《壮游》。杜甫青年时代曾漫游吴越，到过苏州。"阊门"是苏州城门之一，"嵯峨"是形容阊门的高峻。诗的第二句采自杜甫的《湘江宴饯裴二端公赴道州》，借以反映当时阊门外、运河上战旗招展的抗元景象。第三句采自《送韦十六评事充同谷防御判官》，用来写自己肩负重任，握劲兵，守要地，防区辽阔。文天祥驻守苏州时间不长，前后不过三个月，却始则北上援常州，

继则南下保临安，可谓控带千里。第四句采自《寄题江外草堂》，借来写自己不得已离开苏州，驰援临安，冒风霜，披烟尘，日夜兼程而忧心忡忡。纵观全诗，前半首写自己初到苏州时壁垒森严、严阵以待的景象，后半首写自己守苏州期间北战南征、戎马倥偬的情况。文天祥借杜甫诗句为我所用，而能恰到好处，如同己出，浑然天成，足见其集句功力之深。

文天祥《集杜诗》两百首，专集杜诗，只采五言，连篇接续，体大思精，创作出一部惊天动地的悲壮诗史，在我国古代集句诗这个领域里独树一帜，光掩前人而后无来继！此外，文天祥还有另一组集杜诗《胡笳曲（十八拍）》，同样是学杜典范，集句珍品。

作为我国古代一种特殊的文学样式，"集句"之体萌芽于先秦，《左传》所载鲁哀公诔孔子文便是带有集句性质的作品。现存最早的比较标准的集句，是西晋傅咸的《七经诗》，今存六经，包括《孝经诗》《论语诗》《毛诗诗》《周易诗》《周官诗》《左传诗》等，据此，一般认为集句定型于西晋。到宋代，集句逐渐流行起来，"集句"之名就得之于宋，当时大手笔王安石、苏轼、黄庭坚等都写过集句诗词。

王安石名位显赫，而大量写作集句诗，现存六十多首，并且质量较高，所以严羽《沧浪诗话·诗评》说："集句唯荆公最长"。集句为词的首创者也是王安石，这里介绍他的《菩萨蛮》词：

数家茅屋闲临水，轻衫短帽垂杨里。今日是何朝，看予度石桥。

梢梢新月偃，午醉醒来晚。何物最关情，黄鹂一两声。

宋神宗熙宁九年（1076）十月，王安石第二次罢相回到江宁。他在江宁城东门外至蒋山的半道上购置田产，雇人凿池构屋，浚沟引水，垒石作桥，建一栖身之所——半山园，过起远离政治和尘世的隐居生活。《菩萨蛮》词即反映了这种赋闲生活的情景。词中"数家"句，语出刘禹锡《送曹璩归越中旧隐诗》："数间茅屋闲临水，一盏秋灯读夜书"，改动一字；"今日"句，语出韩愈《次同冠峡（赴阳山作）》："今日是何朝？天晴物色饶"；"看予"句，语出宋之问《灵隐寺》："待入天台路，看余度石桥"；"梢梢"句，语出韩愈《南溪始泛》："点点暮雨飘，梢梢新月偃"；"午醉"句，语出唐人方械失题诗："午醉醒来晚，无人梦自惊"；"何物"句，语出李白《杨叛儿》："何许最关人？乌啼白门柳"，改动两字。还有两句，"轻衫短帽垂杨里"和"黄鹂一两声"，今人已不知其出处，或以为是王安石自铸新词。王安石这阕《菩萨蛮》，首开集句为词的先河，专集唐人诗句而如出己口，贴切地表现了退居乡村的闲情逸致，洵为佳作。黄庭坚曾模仿王安石写一《菩萨蛮》集句词，并注明"戏效荆公作"。

除了集句诗、词外，我国古代还有集句文章、集句对联。

写作不易，集句尤难。以他人成句，书己之所欲言，又要熨帖自然，这对作者才力和技巧的要求很高。古人写集句诗词，有的作为一种创作准备和创作实习，有的借他人杯酒浇胸中块垒，也有的用以逞博炫奇而流于游戏。无论出于何种动机，写集句诗客观上需要广阅博览，熟读强志，还需要铺排精妙，工于纬织，作者正可以因难见巧，砥砺功力，因此，北宋以后集句蔚然成风。有些集句高手，对前代优秀作品熟读详味，筛选辑采，进行艺术再创造，从旧句引出新意，用陈语吟成新作，也留下不少佳篇华章。这方面的技巧、经验和艺术创新精神，仍值得我们学习借鉴。

联句诗

瀑布联句

香严闲禅师　李忱

千岩万壑不辞劳,
远看方知出处高。(香)
溪涧岂能留得住?
终归大海作波涛。(李)

——《全唐诗》,中华书局,1999年版

两人或数人合作集成一首诗,叫联句诗。这是从诗歌作者角度来看的杂体。我国古代最早的联句诗,可能是《柏梁诗》。

西汉元鼎二年(前115)春,汉武帝刘彻建柏梁台(全以香柏为梁)成,登台大会群臣,诏令作七言诗,并亲自先起一句,梁孝王刘武、丞相石庆、大将军卫青等二十余名属下依韵一人一句接续吟诵,相联而成《柏梁诗》,刘勰《文心雕龙》视之为联句之祖。此后,东晋陶潜与愔之、循之,南朝何逊与范云等,都有联句名作闻于世。及至唐代,联句作诗大盛,韩愈《昌黎集》中联句诗多达十五首。

《瀑布联句》作者之一的李忱,是晚唐皇帝唐宣宗。唐宣宗是唐宪宗的小儿子,唐穆宗的弟弟,文宗、武宗的叔叔。早年,唐宣宗备受猜忌,不得不装疯卖傻,据说还曾遁迹为僧,唐文宗、唐武宗相继病殁后,被拥立为帝。唐宣宗在位期间,在结束牛李党争、限制宦官权势、收复河湟失地方面,取得一定成效,史称"小中兴"。

《瀑布联句》的另一作者是僧侣香严闲（一说黄檗），两人在庐山相遇，同行观瀑布，禅师先吟得两句。首句"千岩万壑不辞劳"，写瀑布形成的曲折过程。大山深处，涓涓细流，斗折蛇行，穿石绕岩，不断汇合，集成涧泉，又经长途奔波，终至悬崖峭壁，再向谷底倾泻而为壮观的瀑布。第二句"远看方知出处高"写瀑布上下的落差。李白描绘庐山瀑布有"飞流直下三千尺，疑是银河落九天"佳句，"三千尺"与"落九天"都是夸张，形容瀑布之高挂；香严闲虽是写实，却也抓住了出处高、落差大的泉流方能变为瀑布这一特点。从"不辞劳"与"出处"两个词语看，禅师是用了拟人化的手法，或许他很了解李忱的身份和当时的处境，借写瀑布来隐约暗示。

诗的后两句由李忱续咏。瀑布在成为瀑布以前，只是山中一股股细小的泉水，但它却志存高远，不满足于现状，不停留在溪涧，而不舍昼夜，冲破重重障碍，一路前行；瀑布在成为瀑布之后，依然奔流不息，继续汇入江河，最终抵达目的地，实现夙愿，化作浩瀚大海的汹涌波涛。"岂能"是反问，语意和语气都得以强化，彰显出奋勇前进的决心；"终归"与"岂能"呼应，使两句更加连贯流畅，给人势不可挡的感觉。

相对而言，唐宣宗是晚唐几个皇帝中较有作为的君主，他登基前与人合作的这首诗，特别是他自己写的两句，表达的是他当时不甘落寞沉沦、不失雄心壮志的情怀。可惜晚唐已是日薄西山，李忱也属无力回天，并且难免封建帝王的痼疾，在位十三年后，因服食道士的长生药而病死。

古代联句作诗，有一人一句的，有一人两句的，还有一人四句的，甚至不限句数，参与者随兴吟诵，只要"联"贯，是合作之诗。韵相同，意相关，合作成诗，是联句这一诗体的基本要求。但是我们认为，既要"联"，且是"诗"，那么数人合作如出一诗，全诗浑然一体，方为精品。以此衡量，香严闲与李忱的《瀑布联句》可称佳篇。

  首先，起句末字"劳"，二、四句"高""涛"，韵相同；其次，每人各一联，都围绕瀑布写，意相关。更重要的，两个作者皆用拟人手法，托物寓意，人格化的瀑布形象一以贯之，又前后照应，首尾圆通。本诗第三句"溪涧岂能留得住"呼应第一句"千岩万壑不辞劳"；第四句的波澜壮阔呼应第二句的气象高远，大海浪涛的形象与前面的山泉和瀑布一脉相承。全诗围绕瀑布又前后延伸，第一第三句往前写泉水，第四句往后写海浪，再加语言风格一致，平仄合于格律，这样精巧的构思，即便一人创作亦属不易，而况两人合作乎？

隐括体

水调歌头·昵昵儿女语
苏　轼

欧阳文忠公尝问余，琴诗何者最善？答以退之听颖师琴诗最善。公曰：此诗最奇丽，然非听琴，乃听琵琶也。余深然之。建安章质夫家善琵琶者，乞为歌词。余久不作，特取退之词，稍加隐括，使就声律，以遗之云。

昵昵儿女语，灯火夜微明。恩怨尔汝来去，弹指泪和声。忽变轩昂勇士，一鼓填然作气，千里不留行。回首暮云远，飞絮搅青冥。

众禽里，真彩凤，独不鸣。跻攀寸步千险，一落百寻轻。烦子指间风雨，置我肠中冰炭，起坐不能平。推手从归去，无泪与君倾。

——《全宋词》，中华书局，1999年版

就原有的文章、作品加以剪裁、改写，形成另种文体，谓之"隐括"。刘勰《文心雕龙》已经论及。朱自清先生《诗多义举例》认为，《古诗十九首》之一《涉江采芙蓉》全用《楚辞》，就是隐括的写法（《朱自清说诗》，上海古籍出版社，1998年版，第184页）。至北宋，隐括流行起来，有将散文隐括为诗的，如梅尧臣《韵语答欧阳内翰》，有将散文隐括为词的，如黄庭坚《瑞鹤仙·环滁皆山也》，也有将诗歌隐括为词的，如苏轼这首《水调歌头》。

东坡此词隐括的原作是韩愈的《听颖师弹琴》：

昵昵儿女语，

恩怨相尔汝。
划然变轩昂,
勇士赴敌场。
浮云柳絮无根蒂,
天地阔远随飞扬。
喧啾百鸟群,
忽见孤凤皇。
跻攀分寸不可上,
失势一落千丈强。
嗟余有两耳,
未省听丝篁。
自闻颖师弹,
起坐在一旁。
推手遽止之,
湿衣泪滂滂。
颖乎尔诚能,
无以冰炭置我肠!

颖师,名颖的僧人,唐宪宗元和年间,从天竺来到长安,以弹琴著称。韩愈此诗,前十句以儿女相尔汝、勇士赴战场、云絮随风飘、百鸟竞喧、孤凤长鸣、登攀悬崖和坠落千丈等一系列比喻,来描摹琴声的轻柔低抑、慷慨轩昂、缥缈高远、交响热烈、异声突兀至激越凄厉,最后戛然而止的状况和徐疾断续起伏跌宕的变化过程,将难于捉摸的音乐再现得具体形象。韩愈此诗的后八句写自己听琴的反应,从坐立不安,到泪雨滂沱,再如冰炭同入肠胃,剧烈的情感波动和音响刺激让人无法承受,只好伸手制止,不忍卒听。这样,通过主观感受,来进一步烘托琴声的艺术感染力,凸显颖师弹琴技艺的高超和效果的非凡。韩愈此诗确是琴诗中"最善"者之一,欧阳修、苏轼没有夸大。

苏轼隐括韩愈琴诗,作了哪些剪裁、修改呢?仔细比较对照,一是增加:琴声轻柔低抑阶段,增加了"灯火夜微明"的环境氛围和"弹指泪和声"的渲染,强调是儿女私房话,强调音响的低抑;琴声慷慨轩昂阶段,增加了"一鼓填然作气,千里不留行"两句,以说明勇士并非单枪匹马独行赴敌,而是两军对阵,击鼓进攻,乘胜追击,这就强调了琴声表现的气势和力度。二是删减:删去了"嗟余有两耳,未省听丝篁"两句,"余有两耳",人皆如是,不说也罢,"未省丝篁",乃自谦之辞,能把琴诗写得"最善",不但进门过庭,早已登堂入室了;还删去了"自闻颖师弹",这一交代性的陈述句,和"颖乎尔诚能"这一议论性的感叹句,而这两句的确可有可无。三是改动:把"起坐在一旁"改为"起坐不能平",虽然两者都有押韵的考虑,但苏轼句更能表现坐立不安的情形;把"湿衣泪滂滂"改为"无泪与君倾",因前面已写"弹指泪和声",听琴者早就泣下涟涟,则最后无泪可流了,这比韩诗原句又翻进一层。其他修改不一一细说。

总之,苏轼对韩诗的隐括,保留了原作的精华,剔除了累赘的文字,弘大了韩诗的神韵,他的剪裁修改是成功的,更何况他将诗改为词,"使就声律",可以演奏、歌唱了。

宋代的隐括诗,首倡者梅尧臣,隐括词的首创者是苏轼。从苏轼几首隐括词的小序可知,他所确立的隐括词的基本特征,一是选取名家名作,二是"使就声律",将无声的诗文改写成可歌的曲词。他后来隐括张志和《渔父词》也是因为"恨其曲度不传",故"加数语以《浣溪沙》歌之"(《全宋词》,中华书局,1999年版,第964页)。

相对而言,宋代的隐括词比隐括诗写得好,并且数量多。大量涌现的宋代隐括词,基本坚守了苏轼确立的写作原则。宋词隐括的名作主要有王羲之《兰亭集序》、韩愈《送李愿归盘谷序》、欧阳修《醉翁亭记》,苏轼前后《赤壁赋》,还有陶潜、杜甫等人的诗。但到后来,隐括词也扩大到一般作品,以至影响了质量。隐括名作,既有良好基础,又倒逼词人超越原作,故往往出新出彩,而隐括平庸之作,则易失于平庸,是为隐括而隐括。

当然,隐括名作未必能成佳作,隐括是一次再创作,决定的因素是隐括作者的水平。

南宋永嘉(今浙江温州)人林正大有一部隐括词的专集,现存四十一首词,他既隐括诗歌,也隐括文章,既隐括前代作品,也隐括本朝作品,所选确实都是名作,并且完整抄录原作置于每首词之前。一人写作四十一首隐括词,在南北两宋是绝无仅有的。林正大对此颇自负,自称其词"乐而不淫,婉而成章,视世俗之乐,固有间矣",自以为远超世俗词作,而取集名为《风雅遗音》,可惜他自视过高了,《四库全书总目》卷二〇〇《风雅遗音提要》的评价是"语意蹇拙,殊无可采"。隐括之风在南宋后期依然很流行,但词作质量不如北宋了。

套改与隐括有何区别呢?套改是改内容而不变文体,是旧瓶装新酒;隐括是变文体而不改内容(基本不改),是新瓶装老酒。初期的隐括作品,字数、篇幅一般少于短于原作，尤其是隐括散文为诗词。但是南宋以后，隐括作品逐渐拉长，特别到清代，有些隐括之作竟比原作放大数倍，不是酿米为酒，而是把饭泡成粥了，此类隐括其实已经接近于另一杂体——扩张。

套改诗

无　题
无名氏

去年今日此门中，
铁面糟团大不同。
铁面不知何处去，
糟团日日醉春风。

——《柳南随笔·续笔》，中华书局，1983年版

将前人有影响的诗"活剥"、翻改，使之有新意，而如同己作，叫作套改诗。

据说，清代苏州，曾有前后两任知府，一个清官，秉公办案，百姓尊为"铁面"；一个昏官，酒水糊涂，群众呼之"糟团"（酒糟渣团），民间艺人创作上录套改诗一首，比照两任知府截然不同的品行，表达了对清官的怀念，对昏官的讽刺。

这首无名氏的无题诗，套改了唐代诗人崔护的《题都城南庄》：

去年今日此门中，
人面桃花相映红。
人面不知何处去，
桃花依旧笑春风。

当年崔护京郊踏青，曾轻叩柴门讨水喝，像桃花一样美丽的姑娘给他留下深刻的印象。第二年崔护故地重游，桃花仍在，伊人杳然。《题都城南庄》构思上人花映衬、今

昔对比的框架，语言上流畅自然的风格和反复修辞技巧的运用，使这首诗成为一个"经典"，成为一种模式，给后人套用、翻改提供了方便，创造了条件。王应奎《柳南续笔》载录的苏州无名氏的套改诗，在结构和语句上都是崔护诗的翻版，但赋予了全新的内容，把艳情诗改成了政治讽喻诗。

成功的套改诗不是简单的复制，不是纯粹的克隆，而是有"套"有"改"，既有模仿，也有创新，形式上的模拟，内容上的翻新，是旧瓶装新酒，它所套改的原创诗作，应该具备形式上艺术上的独特性、典范性，可以模式化。贾岛的《寻隐者不遇》就是一首具备套改"潜能"的好诗：

松下问童子，

言师采药去。

只在此山中，

云深不知处。

这首诗的特点是寓问于答，以实带虚，读者从童子的回答中，可以想见作者当时松下所问，从作者一而再、再而三的追问中，可以想见作者寻访隐者时的心情。清乾隆年间，某地有个私塾先生经常"擅离职守"，抛开学生去坐茶馆。一日，朋友去拜访，又不遇，便套改贾岛《寻隐者不遇》诗留给塾师：

书塾问童子，

言师喝茶去。

只在此城中，

巷深不知处。

构思、句式相同，仅改六字，而地点、环境、人物、情调迥异。

套改诗往往语句通俗,风格幽默,并富于嘲讽意味,因而有些套改诗同时也是打油诗。

1924年10月,鲁迅先生鉴于当时"阿呀啊唷,我要死了"之类的失恋诗盛行,就模拟东汉张衡的《四愁诗》,写了《我的失恋——拟古的新打油诗》。张衡《四愁诗》其一:

> 我所思兮在太山,
> 欲往从之梁父艰,
> 侧身东望涕沾翰。
> 美人赠我金错刀,
> 何以报之英琼瑶。
> 路远莫致倚逍遥,
> 何为怀忧心烦劳。

鲁迅先生《我的失恋》其一:

> 我的所爱在山腰,
> 想去寻她山太高,
> 低头无法泪沾袍。
> 爱人赠我百蝶巾,
> 回她什么猫头鹰。
> 从此翻脸不理我,
> 不知何故兮使我心惊。

显而易见,鲁迅先生《我的失恋》套改了张衡的《四愁诗》,同时它又是打油诗,这是鲁迅先生在副标题中特意注明的。这个副标题揭示了套改诗的特点:既是拟古,又有创新,还可同时是打油诗。

鲁迅先生另一首套改诗《剥崔颢〈黄鹤楼〉诗》也很著名,抄录如下:

阔人已骑文化去,
此地空余文化城。
文化一去不复返,
古城千载冷清清。
专车队队前门站,
晦气重重大学生。
日薄榆关何处抗,
烟花场上没人惊。

　　鲁迅先生这首套改诗作于1933年1月。"九一八"事变后,国民党政府奉行"不抵抗"政策,造成东北全境沦陷。1933年1月,日寇开始向关内大举进攻,山海关失守,北平处境危急。国民党当局又准备逃跑,于是将故宫等处的珍贵文物装箱南运,而对北平大学生要求开展抗日运动的爱国行动横加指责,诬为"妄自惊扰,败坏校风"。鲁迅的《剥崔颢〈黄鹤楼〉诗》讽刺了国民党政府的逃跑主义行径。从先生这首诗可知,套改诗又叫剥皮诗,还有仿拟诗、换字诗等名称。

回文诗

题金山寺

苏 轼

潮随暗浪雪山倾,
远浦渔舟钓月明。
桥对寺门松径小,
槛当泉眼石波清。
迢迢绿树江天晓,
霭霭红霞晚日晴。
遥望四边云接水,
碧峰千点数鸥轻。

——《苏轼诗集》,中华书局,1982年版

苏轼一生多次到镇江、游金山,留下不少诗篇。这首《题金山寺》七律,是回文诗。我们先看上录顺读之诗。首联写江上风浪、江边渔舟。傍晚时分,江上明月共潮生,月光倾泻之下,惊涛卷起千堆雪;江边渔夫或垂钓或收网,还在劳碌。颔联写山寺景物。上山过桥,松径通幽,正对寺门;寺内庭院,一泓泉水清波荡漾。颈联和尾联写登临山顶所见。绿树连绵接江天,晚霞映红了江天一色处,仿佛早晨的曙光;四边山峰隐约,江雾暮霭渐渐变浓,几只白鸥在云水间飞翔。全诗写景从低到高,由近而远,依次展开一幅幅不同的画卷。

我们从"轻"字往前倒读,又是一首标准的七言律诗:

轻鸥数点千峰碧,

> 水接云边四望遥。
> 晴日晚霞红霭霭,
> 晓天江树绿迢迢。
> 清波石眼泉当槛,
> 小径松门寺对桥。
> 明月钓舟渔浦远,
> 倾山雪浪暗随潮。

不仅文通字顺,而且平仄、对仗、押韵都符合格律,景物描写的次序则改为由远及近、由高到低了。

像苏轼《题金山寺》这样,顺读倒诵皆能成章的诗,叫回文诗。回文,是出现很早的一种汉语修辞方式,《老子》中"知者不言,言者不知""信言不美,美言不信"等,可谓其滥觞。标准的回文体、回文诗是谁首创的,从古至今讨论了一千多年,没有统一认识。可以肯定的是,回文诗在南朝齐梁时已经产生了。唐宋之后,以回文体入诗词之风颇为流行。南宋桑世昌曾纂辑《回文类聚》三卷,清代朱象贤又汇辑《回文续编》十卷,可见此类作品之多。

宋代作者将回文方式运用于填词,便产生了回文词,如晁端礼的《菩萨蛮》:

> 卷帘风入双双燕,燕双双入风帘卷。明月晓啼莺,莺啼晓月明。
>
> 断肠空望远,远望空肠断。楼上几多愁,愁多几上楼。

从内容看,这是一首春闺思妇之词。上片写春天的两种景象:白天,燕子双飞穿门入户;清晨,黄莺在屋前枝头啼鸣。燕子双飞反衬了思妇的孤独,莺啼晓月暗示思妇的夜不安寝。下片,原先隐藏在景象后面的思妇出场了。春色将阑,韶光不驻,而良人未还,倍感寂寞的思妇愁肠百结,几度登楼眺望,终不见丈夫归来的身影。作者通过回文方式,突出了燕的双飞和莺的晓啼,更突出了闺妇的断肠思念:囚思念而望远,失望更令人肠断,因离愁而上楼,上楼愈添忧愁,无论楼上楼下,总挥不去那几多愁!

回文诗词体式多样。晁端礼的《菩萨蛮》是双句回复式,即上下句之间回文,还有本篇回复式,即上下片之间回文,多见于词,如苏轼的《西江月·咏梅》:

马趁香微路远,沙笼月淡烟斜。渡波清彻映妍华,倒绿枝寒凤挂。

挂凤寒枝绿倒,华妍映彻清波。渡斜烟淡月笼沙,远路微香趁马。

这首《西江月》,由上片倒读而成下片,内容畅晓,语句通顺,平仄、押韵也合乎词的格律。

又有当句回复式,即一句之中,后半句是前半句的倒读回文,如清代诗人李旸的《春闺》:

垂帘画阁画帘垂,
谁系怀思怀系谁?
影弄花枝花弄影,
丝牵柳线柳牵丝。
脸波横泪横波脸,
眉黛浓愁浓黛眉。
永夜寒灯寒夜永,
期归梦还梦归期。

这首诗首联写女子在画帘低垂的闺房里犯相思,她在想什么呢、想谁呢?颔联写女子卷起画帘望窗外,花枝摇曳,花影舞动,花的形影相吊,暗示女子的孑然独处;"丝"谐音"思","柳"让人联想到折柳送别,原来该女子因为良人离别、独守空房而害相思病。颈联写她的愁眉泪眼。尾联写她日有所思则夜有所梦,梦见丈夫回家的情景,但好梦醒来,孤灯一盏,更感到长夜难捱、处境凄凉。除了"脸波横泪横波脸"一句有点牵强(作者本意是描写她泪流满面)以外,其余都还自然流畅。

上述当句回复式、双句回复式和本篇回复式,都属于"已回型",就是诗面(词面)已见回复文字,一目了然。第二类就是"待回型",表面不见回复文字,须待读者倒诵而成,苏轼的《题金山寺》就是待回型。这类回文诗往往要在题目中或题目下标示"回文"二字以说明。苏轼的《题金山寺》标题一作《题金山寺回文体》。

回文诗词不仅流行于唐宋明清,当代也有人写作。《江南诗词》1987年第1期刊登了师敬一的《春》,就是待回型回文诗。该诗顺读、倒读,都是一首描写春天山水花草景象的七绝。

形体类

拆字诗

山居作拆字诗一首寄江子我郎中
刘一止

日月明朝昏,

山风岚自起。

石皮破仍坚,

古木枯不死。

可人何当来?

意若重千里。

永言咏黄鹄,

志士心未已。

——《刘一止集》,浙江古籍出版社,2012年版

汉字从形体结构分,有独体、合体两种,古时独体曰"文",合体曰"字"。凡合体字,都可以分体、拆开,利用汉字这一形体结构的特点,通过对某字的分析、组合来表达意思的方法,叫作拆字,又称"析字""破字""相字"等。比如,人们常常以"口天——吴""耳东——陈""双木——林""古月——胡"来表述姓氏。把拆字运用于诗歌创作,成为一首诗主要的突出的写作方法,这就是拆字诗。

刘一止(1078—1160),字行简,号太简居士,湖州人。宋徽宗宣和三年(1121)进士,南宋绍兴年间累官中书舍人、给事中,以敷文阁直学士致仕。刘一止因触犯秦桧而两次罢官,从《山居》诗内容看应该是罢官期间写的。

首联写山居生活虽然清闲自在,却是虚度了光阴。作者以风来雾起、云卷云舒表现清闲自在的生活,以日落月出、兔走乌飞暗示光阴蹉跎的惆怅。这一老大无为的淡淡的郁闷,读到第二联就较为明显了。"石皮破""古木枯"是比喻自己遭受的挫败、打击,但是作者依然不改初衷,破而仍坚,枯而不死。颈联发出邀请,希望朋友能前来一聚,互诉衷肠。《世说新语》记载:吕安与嵇康友善,虽远隔千里,每一相思,便命驾造访。本诗颈联用此典故,表达与朋友之间的深情厚谊,表达对朋友的思念和对朋友的邀招。

诗的尾联也用典。汉刘向《列仙传》有王子乔入山学道成仙,三十余年后骑鹤与家人见面的记载。晋陶潜《搜神后记》有丁令威学道于灵虚山,千年后化作白鹤飞回故乡的记载。尾联两句的意思是,虽然古往今来总有人向往进山学道成仙,我却是被迫退隐山居,而报效国家、朝廷的雄心壮志始终没变。

刘一止的这首五言古诗《山居》,每句都运用了拆字方法:第一句先把"明"拆为"日"和"月",再合成"明";第二句先把"岚"拆为"山"和"风",再合成"岚";第三句是"石""皮"合成"破";第四句是"古""木"合成"枯";第五句是"可""人"合成"何";第七句是"永""言"合成"詠"("咏"的异体字)。以上六句是先分后合,第六句和第八句则是先合后分:"重"拆开为"千"与"里","志"拆开为"士"与"心"。全诗八句,每句有一个拆字,而都自然妥帖,毫无强拆硬拼的感觉,并且流畅通顺地表达了诗人遭遇打击、罢官退隐时的复杂、矛盾心理,洵为拆字诗的佳作。通过这首诗,我们可以更清楚地知道,所谓"拆字",就是汉字字形结构的分解与组装,以此方式来表情达意,而全篇各句都用了拆字方法,就是拆字诗。

即便从甲骨文算起,汉字也已有三千五百多年的历史了,拆字之法的运用早在《春秋》里就出现了,逐渐被广泛运用于酒令、对联、谜语等诸多方面,但根据现存文献资料看,标准的拆字诗直到初唐才产生。《全唐诗》记载,苏颋幼年时,京兆尹来看望他父亲,让苏颋以"尹"为题写一首诗,苏颋就写了首拆字诗:

　　丑虽有足,
　　甲不全身。
　　见君无口,
　　知伊少人。

这是四言诗,押人辰韵;"丑"字一撇加长为"尹","甲"字去掉左边一竖为"尹","君"字去"口"为"尹","伊"字去单人旁为"尹",显然,拆字是此诗主要的写作方法。唐以后,拆字诗数量也不多,这是因为写好拆字诗并非易事。

神智体

晚 眺

苏 轼

长亭短景无人画,
老大横拖瘦竹筇。
回首断云斜日暮,
曲江倒蘸侧山峰。

——《修辞学发凡》,上海教育出版社,1979 年版

南宋大诗人陆游的外甥桑世昌在其《回文类聚》卷三记曰:"神宗熙宁间,北朝使至,每以能诗自矜,以诘翰林诸儒。上令东坡馆伴之,北使乃以诗诘东坡。东坡曰:'赋诗,亦易事也;观诗稍难耳。'遂作《晚眺》诗以示之。北使惶愧莫知所云,自后不复言诗矣。"当年苏轼拿给辽朝使者看的《晚眺》诗是写成这样的:

东坡先生把"亭"字形体拉长,"景"字形体缩短,"画"字的异体缺"人";把"老"字写粗大,"拖"字横着放,

"筇"字的竹部首写细长;"首"字反写,"云"字断开,"暮"下之"日"斜写;"江"字中间的竖画曲折,"蘸"字倒置,"峰"字的"山"侧过来。总之,通过字体的形态大小、笔画多少、位置正反、排列疏密等巧妙设计,再通过对这些处理方式的解说,双关附会,形成诗意,最终完成从字形到意义再到诗句的转换。比如,长亭,既指"亭"字形体之长,又指是远处的亭子;短景,既指"景"字形体之短,又指是近处的风景;无人画,既指"画"字缺"人",又指此地风景如画却人烟稀少。余可类推。先变化字形,再加以解说,双关附会构成诗句。也就是说,作者布置了两道迷阵,来掩盖诗歌文本的真面目,难怪契丹民族的辽朝使者"莫知所云"。

此类因形会意、启神益智的诗,古人称为"神智体",并用"以意写图,令人自悟"来概括它的特点。

苏轼的《晚眺》本身是一首好诗。"长亭"是远望,"短景"是近看。我国古代往往于驿道、公路中途间隔盖亭,供行人小憩,而间距不一,所谓"十里一长亭,五里一短亭"是也。李白《菩萨蛮》词结尾"何处是归程?长亭更短亭",《晚眺》诗开头的"长亭"就是这个意思。首句扣题落笔,晚眺所见,远近水光山色,风物如画,却人迹罕至。次句说,美景惜无欣赏者,今我老苏来也;筇,一种竹子,可做手杖,作者兴致勃勃,连拐杖也不拄了,只是横拿在手里。第三句写日薄西山,天边云霞飘浮;第四句写江水蜿蜒澄澈,倒映着陡峭的山峰。很显然,三四两句是呼应首句并且展开的,第三句写远景,照应"长亭",第四句是近景,照应"短景",两句合起来即"晚眺"所见之如"画"

美景。晚眺者是谁？乃"老大横拖瘦竹筇"的东坡也。苏轼此诗结构严谨，描写精当，且完全符合七言绝句的平仄格律，作者欣赏美景的愉悦之情蕴含在叙写中而不难体味。本为好诗，又别出心裁，巧思妙想，通过变化字形隐去真相，布置迷局，让人颇费猜度，《晚眺》确是古代神智体诗的代表作。若原诗平庸，徒将字形改动变幻，则烟消雾散后无甚可观，那是弄巧成拙了，古代一些神智诗便陷此窘境。

　　苏轼《晚眺》是我国古代神智体诗的代表作，但不是处女作，早在晚唐五代就有神智体诗，据饶少平先生考证，敦煌文献里就发现了若干神智体作品（《杂体诗歌概论，中华书局，2009年版，第114—117页）。苏轼之后，宋元明清各代，都有神智体诗。

联边诗

戏 题
黄庭坚

逍遥近道边,
憩息慰惫懑。
晴晖时晦明,
谑语谐谠论。
草莱荒蒙茏,
室屋壅尘坌。
僮仆侍偪侧,
泾渭清浊混。

——《山谷内集诗注》,文渊阁《四库全书》本

汉字以表意为基础,以形声为主体。汉字适应汉语,走上一条以形声字为主要构造方式的发展之路,使汉字能够记录几乎每一个汉语之词,这是华夏民族智慧的结晶。在甲骨文中,形声字只占两成,到小篆里,形声字已占八成,而现代汉字有九成是形声字。大量的形声字,以笔画和偏旁部首归类编辑的古代字典,二者为杂体联边诗的产生提供了必要条件。

刘勰《文心雕龙·练字》云:"联边者,半字同文者也。"在古代,独体字称"文",合体字称"字",所谓"半字同文者"就是偏旁部首相同的合体字(多为形声字)。刘勰主张,缀字属篇,"一避诡异,二省联边",除了不用异体字,还要少用联边字。异体字不易读懂;许多联边字排列在一

起，不易看清，还会产生视觉疲劳。刘勰的主张是对的。而联边诗恰恰是一种反向思维，反其道而行之，并走到极端，通篇每一诗句都用偏旁部首相同的字组成，形成视觉冲击，属于标新立异、过正出奇的路数。

黄庭坚这首联边诗是五古，第一二句写漫步与小憩。作者在路上转悠，在路边休息，表面看闲适自得，其实身心疲惫，满腔愤懑。第三句说，天气一会儿晴朗，一会儿阴暗；晖，阳光，晦，昏暗。第四句说，自己有时开开玩笑，发发牢骚，有时则严肃地表达见解，估计主要是通过诗文书信；谑语，开玩笑的话，说论，正直的言论。草莱，杂草丛生；蒙茏，草木茂盛。第五句写周边一片荒芜。壅，堵塞；垄，尘埃。第六句写室内布满灰尘。偪，逼近；泾渭，泾河水清，渭河水浑。最后两句是说，仆人就在身旁（指地方狭小），我和他混杂居住在一起。

黄庭坚（1045—1105）于宋英宗治平四年（1067）中进士，任叶县尉；宋神宗熙宁初，教授国子监，又知太和县；元祐初，召为校书郎、神宗实录检讨官，迁著作佐郎。他的前期，仕途比较顺利。从绍圣二年（1095）起，先贬涪州别驾、黔州安置，复贬宜州（今广西宜山），最终卒于贬所。他后期的境遇是凄惨的。这首《戏题》联边诗从内容看，应该作于后期一再遭到贬谪之时。

此诗标为"戏题"，采用联边杂体，但并非真是游戏文字。全诗反映了作者贬谪期间的生活状况和心理状态：地域偏远荒蛮，气候阴晴无常，居室狭窄脏乱，整日徘徊彷徨，除了仆人，没有亲朋故友，只能掉笔吟诗排遣愤懑与孤独……

钱志熙《黄庭坚诗学体系研究》（北京大学出版社，2003年版）指出："游戏三昧的写法，是黄氏对传统兴寄法的一大发展"，"发展出他自己名之为'调笑'的一种兴寄法"，"在山谷（黄庭坚号山谷道人）这里，调笑常常只是一种表现方式，其内在的思想是严肃的，甚至是悲剧性的"。本诗正是如此，诗中"憩息慰惫憊""谑语谐说谑"等句不就透露出一股郁结不平之气吗？末句"泾渭清浊混"实际表达的是自己是非分明、不肯同流合污的操守。

黄庭坚第一次被贬后，曾短暂起用，因为写《承天院塔记》，有人诬构是"幸灾谤国"，就此除名，流放宜州。这首《戏题》自标戏作，兼选杂体，或许是黄庭坚的良苦用心，以此掩饰真实意图，自我保护。而采取联边体，某些方面还增强了表达效果："草莱荒蒙茏"连续五个草头字，突出了杂草丛生、蔓延滋长的野外；"室屋壅尘垒"连续五个土字底，则突出了尘土堆积、久不打扫的屋内，环境之恶劣如在眼前。

黄庭坚此诗为五言古体，这是很明智的。如果七言，如果近体，则联边之字要更多，还必须考虑声调的平仄和粘对，写作难度会大大增加。

因为难写，古代联边诗不多，好的联边诗更少，但此体细水长流，直至现当代仍有作品，《浙江诗词》第八辑刊载了黄浦荣写的《海南天涯海角戏作联边诗》。天涯海角是海南省的著名景点。诗为七绝，即每句七字，全诗四句，讲究平仄，讲求粘对，这是不同于黄庭坚那首五古的。从近体格律角度衡量，本诗是合格的，并且四句二十八字全部用三点水作形旁的字，这是不容易的。作者描绘天涯海角沙滩上所见之壮丽景色,二十八个三点水的联边字,突出了浪潮汹涌、波涛翻滚的景点特色,效果是成功的。只是个别用字稍嫌勉强。

盘中体

盘中诗
苏伯玉妻

```
蹄归不数羊肉千斤酒百斛令君
马治妾有行宜知之黄者金白马
惜当叹息当语谁君有行妾者肥
何罪长衣谓当是而更非念玉麦
蜀君催白肥空仓雀常还之高与
在忘声见鱼树高鸟苦入出者粟
身妾杯望鲤山　鸣饥门有山今
安之绞门深水泉悲吏中日下时
长知机出稀夫会妇人心还者人
居天急阶入西堂上北悲无谷智
家妾忘君思相长带巾结期姓不
足谋智多才人作玉伯字苏为足
角四周央中从当读能不书其与
```

——《玉台新咏考异》，文渊阁《四库全书》本

《盘中诗》最早见于南朝徐陵选编的诗集《玉台新咏》。关于《盘中诗》的作者、产生年代、文字校对、图形复原等问题，自古至今存在诸多争议。这里不展开辨析，只取我们认为正确的观点，而着重讨论它的特色和影响。

本诗的最后几句"今时人，智不足，与其书，不能读，当从中央周四角"，是作者的"导读"。根据从中间读起、一周一周（四角方正的一圈一圈）读出来的提示，并按现

代书写格式抄录,全诗如下:

　　　　山树高,鸟鸣悲。
　　　　泉水深,鲤鱼肥。
　　　　空仓雀,常苦饥。
　　　　吏人妇,会夫希。
　　　　出门望,见白衣。
　　　　谓当是,而更非。
　　　　还入门,中心悲。
　　　　北上堂,西入阶。
　　　　急机绞,杼声催。
　　　　长叹息,当语谁。
　　　　君有行,妾念之。
　　　　出有日,还无期。
　　　　结巾带,长相思。
　　　　君忘妾,天知之。
　　　　妾忘君,罪当治。
　　　　妾有行,宜知之。
　　　　黄者金,白者玉。
　　　　高者山,下者谷。
　　　　姓为苏,字伯玉。
　　　　作人才多智谋足。
　　　　家居长安身在蜀,
　　　　何惜马蹄归不数?
　　　　羊肉千斤酒百斛,
　　　　令君马肥麦与粟。
　　　　今时人,智不足。

与其书，不能读。

当从中央周四角。

从内容看，这是一首闺怨诗。清吴兆宜、程琰《玉台新咏笺注》云："伯玉被使在蜀，久而不归。其妻住长安，思念之，因作此诗。"诗的开头，写高树之鸟、深水之鱼、空仓之雀，既是起兴，又是比喻，引出"吏人妇，会夫稀"的独守空房之苦。吏，古代官府中的胥吏（没有品阶的办事员），白衣，是胥吏的"工作服"。比兴之后，写自己常常出门遥望，盼着丈夫归来，见远处白衣，总以为是郎君，走近一看又不是，一次次由满怀希望变为失望。入门进屋，在空荡荡的家里走来走去，寻寻觅觅，茫然若失，百无聊赖；想用织布来打发寂寞，机杼声声却更令人感到孤独——唉，这满腹愁绪能向谁倾吐呢？这一段，以质朴自然的口语，具体生动地再现了思妇的孤寂悲凉。接着，诗进一步诉说了"长相思"的原因：以前是丈夫外出公干"会夫稀"，此行更是时间长，路途遥，"还无期"，真担心夫君把自己忘了，如果这样，苍天有眼会惩罚你！同时，作者表明自己的态度：我的忠贞如金之坚，如玉之纯，志定如山，情深如谷，善解人意、通情达理的夫君啊，你为什么还不赶快回来呢？这里"归不数"的"数"，通"速"。最后作者表示，我将准备好羊羔美酒欢迎你（千斤百斛是夸张），连你的坐骑也要让它吃饱上膘。剩下的诗句只是阅读的提示了，严格地讲，属于诗后的注解。

闺怨是我国古代诗歌的常见题材，《盘中诗》放在众多优秀闺怨诗中也属上乘。作者灵活运用赋、比、兴和对照、对偶、排比、反问、夸张等多种表现手法和修辞方式，

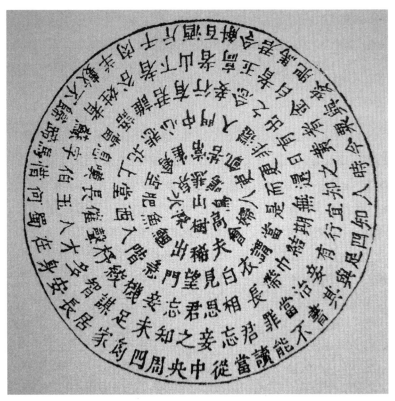

盘中诗

尤其是选择日常生活里看似平淡其实内涵丰富的典型情景，即"出门望，见白衣。谓当是，而更非。还入门，中心悲。北上堂，西入阶。急机绞，杼声催。长叹息，当语谁"一段，把自己的思夫之苦表达得情深意切、具体形象。这段浑朴而典型的描述，开后人无数法门，不少闺怨诗词明显受其影响。

从句式看，这是一首三言诗。虽然诗的后段有6个七言句，毕竟占比很小，所以整体看、广义看，应为三言体诗歌。两汉是三言诗的鼎盛时期，但大都简短，产生于东汉末年的《盘中诗》是篇幅最长、艺术成就最高的三言诗。足够的篇幅，使情感抒发得淋漓尽致。

《盘中诗》的特别新奇之处，当然是"写之盘中，屈曲成文"（《沧浪诗话》）的排列行款。我国古代的书写，是从上到下、从右到左的竖排格式，《盘中诗》则从中间写起，顺时针按方形一圈一圈向外写，直至四边，从而构成几何图形。这样，图文并茂，书写的宛转曲折与诗意的缠绵悱恻巧妙结合，增添了表情达意的一种辅助手段。《盘中诗》的这一做法，前所未有，是为首创，而后继无穷，遂成一体。后世涌现的排成三角形、十字形、乌龟形、葫芦形等各种形状的诗词，都是模仿《盘中诗》的，实质都是图形诗，统称盘中体。

南宋桑世昌的《回文类聚》把《盘中诗》看作回文体，直至清朱存孝《回文类聚序》还说"诗体不一，而回文尤异。自苏伯玉妻《盘中诗》为肇端，窦滔妻作《璇玑图》而大备"。其实，《盘中诗》不能倒读，因此不是回文体；东晋窦滔妻苏蕙（字若兰）的《璇玑图》，确是从盘中体衍生出来的，在改变诗句书写排列的正常款式的基础上，《璇玑图》又增加了回文、反复等因素，使之正读、倒读、交叉读、旋转读，均能成文押韵（也不无牵强之处），其构思异想天开，其技巧精妙绝伦，令人叹为观止。

图形诗当代还有，如周源禄的《伞》，把全诗字词排成一把撑开的伞。图形诗外国也有，如法国诗人阿波利奈尔的《受伤的鸽子与喷泉》，就将诗句排成飞鸟和喷泉的形状。

主要参考文献

鄢化志：《中国古代杂体诗通论》，北京：北京大学出版社，2001年版。

饶少平：《杂体诗歌概论》，北京：中华书局，2009年版。

《全唐诗》，北京：中华书局，1999年版。

《全宋词》，北京：中华书局，1999年版。

《全唐五代词》，北京，中华书局，1999年版。

钱钟书：《宋诗纪事补正》，沈阳：辽宁人民出版社、辽海出版社，2003年版。

郭绍虞：《沧浪诗话校释》，北京：人民文学出版社，1961年版。

徐元：《趣味诗三百首》，上海：上海古籍出版社，1993年版。

徐元：《中国异体诗新编》，杭州：浙江大学出版社，2010年版。

余章瑞：《历代谐趣诗词欣赏》，北京：人民日报出版社，1994年版。

罗维扬：《非常语文》，桂林：广西师范大学出版社，2006年版。

王珂：《诗歌文体学导论》，哈尔滨：

北方文艺出版社，2001年版。

陈新、黎东：《中国谐趣文字奇观》，苏州，苏州大学出版社，1994年版。

程文、程雪峰、程峻峰：《中国新诗格律大观》，哈尔滨：北方文艺出版社，2005年版。

陈望道：《修辞学发凡》，上海：上海教育出版社，1979年版。

后　记

我上大学时，读鲁迅先生诗，发现不少属于杂体，寓庄于谐，辛辣老到，甚爱之。爱屋及乌，由此开始涉猎其他杂体之作。毕业后，曾拟以古代杂体诗为科研课题，学长董志翘告诫曰：此类诗历朝历代皆有，今人专攻确实未见，但分散记载于各种古籍之中，面广量大，搜罗殊非易事。吾兄腹笥丰厚，才思敏捷，尚且视为畏途，我更不敢问津了。然心犹未死，平日浏览，凡有所睹，辄手自抄录，渐渐积少成多。

后来，我曾主动或应邀在校内校外讲过几次古代杂体诗，很受欢迎。再后来，又写过若干篇杂体诗鉴赏文章，在校报陆续发表，颇获点赞。乃信今人亦当"游于艺"，并知"虽小道，必有可观者焉"。当然，"致远恐泥"，再加忙于其他事务，精力有限，分身乏术，故又半途而废。

终于退休了，今日得宽余。在原定计划中几个科研小项目完成之后，回顾自己以余力关注古代杂体诗断断续续竟达数十年，其间，张浩逊学长以《文史知识》连载的宁业高《杂体诗览胜》六篇惠我,吴企明业师将他研究古代诗体的数百张卡片赐我,深感惭愧,辜负了老师的期望和同学的鼓励,也对不起自己,于是再次捡起这个课题来做。但是,鄢化志、饶少平先生的两部专著早已赫然在目,反复阅读,不唯无以过之,连拾遗补阙亦难以为之,经管窥所见,各种选编本注释解说较简单,语焉不详,言犹未尽,遂取径"鉴赏",定位于普及读物,着手续写。

"井无压力不喷油,人无压力飘悠悠。"没了评职称、算绩点的压力,固然轻松,却也少了焚膏继晷的干劲,结果历年乃竣事。虽说"慢工出细活",然自知无甚高见新意,聊以告慰初心,答谢同窗,向吴老师呈上一份迟交的"课外作业"。

我国古代优秀传统文化博大精深,继承弘扬宝贵的文化遗产是每个中国公民的责任,而提高性的学术研究与普及性的通俗传播,应该双轮驱动,齐头并进。相信会有越来越多的高校教授、院所学者,面向广大群众撰写此类"科普"图书,为承传中华文化做新的贡献。

刘华民

2017年12月27日于破壁书屋

镜蒂诗

读法:将中心"湘"拆为七字,如"沐"为"沐","右"为"目","中"为"木","泪"为"泪","左"为"水","全"为"湘"。自"楚山如沐晓苍苍"起逆时针读。可得七言四句一首。